Tanja Wekwerth

Tanjas Welt

Tanja Wekwerth

Tanjas Welt 5

weitere 60 launige Kurzgeschichten

Illustrationen von
Jutta Bücker

MOEWIG

www.moewig.de

Originalausgabe

Umschlag- und Autorenfoto: Laura
Printed in Germany

ISBN 10: 3-8118-1945-3
ISBN 13: 978-3-8118-1945-0

Inhalt

1

Termine, Termine, Termine!

So lautet neuerdings die Umschreibung für meinen alltäglichen Wahnsinn. Der Ablauf ganz normaler Tage birgt nämlich eine Vielzahl auf mich einstürmender Herausforderungen …

… denen ich mich spontan zu stellen habe. Oder wie würden Sie es bezeichnen, wenn Sie morgens Butterbrote schmieren, dabei die Englischvokabeln der Tochter abfragen, den einen Sohn (auf Deutsch) ausschimpfen, weil er Unflätiges von sich gibt, den Hund beschimpfen (egal, welche Sprache), weil er wieder klammheimlich auf dem Sofa übernachtet hat. Sich vornehmen, die Schwiegermutter anzurufen, dringend einen Schluck Kaffee brauchen, sich den Kopf zerbrechen, worüber – um Gottes Willen – Sie eine Geschichte schreiben werden und schließlich ... Aber halt! Um was geht es jetzt eigentlich gerade? Wie lautete der Anfang dieses Satzes? Nicht, dass Sie jetzt meinen, ich wäre nicht gut organisiert. Ha! Ha! Da kann ich nur lachen. Ich bin die Großmeisterin der Organisation.

Nehmen wir den gestrigen Tag als Beweis. Ich stehe, wie bereits beschrieben, morgens in der Küche, mit einigen Handgriffen beschäftigt, nichts Besonderes. Ich bin routiniert, ich bin eine alte Häsin.

»Hallo«, unterbrach Robert meinen selbstsicheren Gedankenfluss. »Schläfst du etwa im Stehen?«

Nun ja, so muss es tatsächlich ausgesehen haben, in Wahrheit habe ich aber natürlich an all die Termine gedacht, die mich an diesem Tag erwarten würden. Ein Logopäde für Max, ein Orthopäde für Samuel, ein Brittopäde für Sanne. Ha! Ha! Kleiner Scherz.

Denn auch für muntere Heiterkeiten ist in meinem Alltag immer Platz. Was wollte ich sagen, bevor ich so lustig wurde?

Ach ja: kein Brittopäde, sondern ein netter Engländer aus dem Nachbarhaus kommt einmal die Woche zu uns, um Sannes Sprachkenntnisse ein wenig zu fördern. Was tut man nicht alles für die lieben Kleinen? Und deswegen auch jede Menge Termine.

»Von nichts kommt nichts«, sagte meine Oma immer. »Gut Ding braucht Weile«, sagte sie außerdem. Aber das scheint irgendwie verjährt. Bei mir dauert nichts eine Weile, ich bin immer auf Zack, immer unter Strom. Und rucki, zucki habe ich alles im Griff. Bei mir werden Einkaufslisten geschrieben, bevor ich einkaufen gehe. Dass ich sie eigentlich fast immer verloren habe, wenn ich im Supermarkt ankomme, soll das Thema einer anderen Geschichte sein. Bei mir machen die Kinder ihre Betten, bevor sie in die Schule gehen. Ich sage es ihnen jedenfalls täglich. Dass sie stattdessen lieber noch mit Lego spielen und vergessen, ihre Zähne zu putzen, ist nun wirklich auch wieder ein anderes Thema.

Wieso bin ich jetzt eigentlich so abgeschweift? Ich wollte etwas über den gestrigen Tag schreiben: Erst hätte ich beinahe Max beim Orthopäden abgeliefert und Samuel zum Logopäden geschleppt. Aber die Jungs haben es gleich gemerkt. Während man sich um ihre Plattfüße und Lispelzungen kümmerte, eilte ich (von wegen »Weile«) zum Bäcker, zur Post, in den Supermarkt. Zwischendurch klingelte das Handy viermal. Dreimal war es Sanne, die mir verbittert mitteilte, dass Englisch eine blöde Sprache sei.

»Oh, Daaarling, stop it, please!«, rief ich in den Hörer und kam mir bei Aldi an der Kasse ganz schön kosmopolit vor. Die Kassiererin sah mich allerdings nicht gerade andächtig an. »Macht siebenunddreißigfuffzich«, sagte sie tonlos, und ich machte mich auf die Suche nach meinem Portemonnaie. Ob es mir auf dem Postamt aus der Tasche gefallen war?

Das Stöhnen vieler Leute in der Warteschlange hinter mir missachtend, hechtete ich aus dem Geschäft, zurück zur Post. Dort fand ich mein Portemonnaie tatsächlich auf dem Fußboden wieder. Leider fehlten die Kreditkarten. Darum würde ich mich später kümmern, denn ein Blick auf die Uhr verriet mir, dass meine Söhne bereits seit einer Viertelstunde abgeholt werden mussten.

Wenigstens hatte ich die Zeit sinnvoll genutzt und ein Sonnenblumenbrot gekauft.

Schlecht gelaunt wurde ich von meinen beiden Jungs empfangen. »Wo warst du denn so lange?«

»Termine«, keuchte ich, denn das klang besser, als zu sagen, dass ich einen vollen Einkaufswagen bei Aldi stehen gelassen hatte, dass mir meine Kreditkarten geklaut worden waren, und dass ich dreimal mit Sanne auf Englisch telefoniert hatte.

»Termine, Termine, Termine.« Meine neue Zauberformel. Wie heißt das auf Englisch? Dann würde es noch seriöser klingen. Businesslike. Everything under control. Ich nahm mir vor, Sannes Englischlehrer bei Gelegenheit danach zu fragen.

So viel also zum gestrigen Tag. Sie sehen selbst: Viel Unvermutetes strömte auf mich ein.

Und die Schwiegermutter hatte ich dann doch nicht angerufen. Ich musste ja noch einmal einkaufen gehen. Da fällt mir ein, dass ich die Kreditkarten besser sperren lassen sollte. Das mache ich heute. Nachdem ich Sanne zum Reiten, Samuel zum Kung-Fu und Mäxchen zu seinem Freund Karl gefahren habe.

Ich bin echt gut organisiert, selbst mit dieser Geschichte bin ich schon fertig. Alles unter Kontrolle.

2

Worüber Männer und Frauen so lachen …

Über Geschmack lässt sich bekanntlich ja nicht streiten. Und schon gar nicht über die Frage, ob ein Witz nun lustig ist – oder ob er es nicht ist …

Aber am allerwenigsten kann man über schlechte Witze lachen. Ich jedenfalls.

Neulich war ein alter Schulfreund von Robert bei uns zu Besuch, und nachdem er zwei Gläser Bier getrunken hatte, fragte er Robert, meinen allerliebsten Ehemann: »Warum schleichen Blondinen eigentlich immer am Medizinschrank vorbei?«

Robert, den ich bis zu diesem Augenblick für einen niveauvollen, intelligenten Menschen gehalten habe, prustete sofort in sein Bierglas und konnte es gar nicht abwarten, die Antwort zu hören.

»Sie wollen die Schlaftabletten nicht aufwecken!«, grölte sein Freund Eric. Ganz unter uns: Ich mag Blondinenwitze nicht besonders. Das liegt nicht nur daran, dass ich mir vor Kurzem blonde Strähnchen ins Haar färben ließ und mich damit ungemein attraktiv finde. Trotzdem musste ich kurz über den Schlaftablettenwitz schmunzeln, der war ja noch harmlos.

Nur dass Robert sich so gar nicht beruhigen konnte, erstaunte mich. Winselnd schlug er mit der Faust auf die Sofalehne und lief rot an. So komisch war es ja nun auch wieder nicht.

»Und kennst du den?«, grunzte mein Ehemann, als er wieder Luft bekam. »Was sagt eine Blondine, die bis zum Bauchnabel im Wasser steht?«

»Ha, ha, haaa«, brüllte Eric und gab sofort die Antwort: »Sie sagt ... ha, ha, ha ... sie sagt: ›Das geht über meinen Verstand!‹ Ha, ha, haaa!«

»Sehr witzig«, dachte ich und fuhr mir gereizt über mein goldenes Haar, in dem L'Oréals »Sommerblond Nummer 35« leuchtete. Warum lachten denn die beiden so blöd, wenn sie den Witz offensichtlich bereits kannten? Und warum entpuppte sich mein Robert plötzlich als leicht angetrunkener Blondinenwitz-Erzähler?

Fragen über Fragen – und Eric stellte gleich die nächste: »Wie bringt man eine Blondine Montag früh zum Lachen?«

Aus großen Augen starrte Robert seinen Freund interessiert an. Im Wohnzimmer war es so still, dass man das Ticken der Wanduhr hören konnte.

»Wie geht es eigentlich deiner Frau?«, fragte ich dazwischen, in der Hoffnung, das Thema diskret zu wechseln und Eric daran zu erinnern, dass seine Frau so semmelblond wie eine Schwedin ist. Ich glaube, sie ist sogar eine Schwedin.

»Scht!«, machte Robert in meine Richtung, und das fand ich richtig unhöflich.

»Wie bringt man eine Blondine Montag früh zum Lachen?« Das war die Frage, die ihn im Moment brennend interessierte und einer Antwort harrte.

»Indem man ihnen am Freitagabend einen Witz erzählt!«, krakeelte Eric, und Robert brach in seiner Sofaecke zusammen. Offensichtlich war es das Witzigste, was er seit Urzeiten gehört hatte. Aus zwei rauen Männerkehlen quoll infernalisches Gelächter. Wie? Freitagabend einen Witz erzählen? Was hatte denn das mit dem Montagmorgen zu tun?

»Nicht so laut«, mahnte ich spielverderberisch in Richtung höchst amüsierter Männerwelt.

Doch Eric hatte sich inzwischen vor Lachen über seinen eigenen Witz am Bier verschluckt und hustete grunzend vor sich hin, und Robert winselte wieder in die Sofalehne. Ich sah seine Schultern zucken. Mit tränennassem Gesicht blickte er endlich auf.

»Warum steht eine Blondine im Hamburger Hafen und wirft Steine ins Wasser?«, keuchte er hochrot. Na, das würde mich nun aber auch interessieren. »Weil ..., röchelte Robert. »Weil da ein Schild steht: Deutsche Werft!«

Nun hatte ich genug. Das war doch wirklich nicht besonders lustig.

»Ich gehe jetzt ins Bett«, informierte ich die Männer hoheitsvoll.

»Dann erzähle ich dir noch den Witz mit der Blondine, die ..., flüsterte Eric Robert ins rot brennende Ohr. Auf einmal kamen mir die beiden vor, als wären sie noch die Grundschüler von damals, die bis auf ein paar Blondinenwitze nicht viel dazugelernt hatten. Am nächsten Tag litt Robert unter Kopfschmerzen, und er tat mir kein bisschen Leid. Am Abend hatte ich drei Freundinnen eingeladen, wir wollten ein bisschen Sekt trinken und Spaß haben. Alles mit Niveau natürlich.

Nachdem wir uns über Deutschlands politische Lage und die neuesten Bücher ausgetauscht hatten, wurde die zweite Flasche Sekt geöffnet, und Sabrina rief fröhlich: »Wie nennt man einen Mann der 90 % seiner Denkfähigkeit verloren hat?«

Erwartungsvoll lauschten wir anderen. »Ha, ha, haaaaaa! Einen Witwer!«, kreischte Sabrina, und dann wurde gelacht, dass die Wände wackelten.

»Was sagt ein Mann, der bis zum Bauchnabel im Wasser steht?«, fragte Dagmar mit sich überschlagender Stimme.

Ich bekam kaum Luft, so witzig war das alles. »Das geht über meinen Verstaaaand!«, kreischte ich begeistert.

»Ach du liebe Güte«, murrte Robert, der sich kurz zu uns gesetzt hatte, vollkommen humorlos.

»Und warum schwitzen Männer immer so stark zwischen zwei Orgasmen?«, wollte Marie nun wissen. Ich sah Robert rückwärts in Richtung Tür verschwinden.

»Weil ein ganzer Sommer dazwischen liegt!«, brüllte Marie begeistert, und das gackernde Gelächter aus vier Frauenkehlen vertrieb meinen Mann endgültig.

Wie ich bereits am Anfang sagte: Jeder lacht an anderer Stelle. Und was ist der Unterschied zwischen einer geschälten Banane und einem Mann auf einem Fahrrad? Ha, ha, ha! Das beantworte ich Ihnen ein anderes Mal ...

3

Die großen Tricks der kleinen Babys

»Ach, kleine Babys sind so süß!«, seufzte ich entzückt bei meiner Freundin Barbara, die ihre einjährige Tochter Kim auf dem Schoß hielt. »Ja, ja«, sagte Barbara müde, »aber sie sind auch ganz schön anstrengend ...«

Diesen letzten Satz überhörte ich, weil ich gerade Kims dickes, kleines Händchen streichelte und ein Stofftierchen darauf tanzen ließ.

»Ach«, seufzte ich wieder. »In diesem Alter sind Kinder doch so goldig.« Sie müssen noch keine Schularbeiten machen, wollen nicht zum Fußballtraining gefahren werden, haben keine Trotzphasen. Kurz: Sie sind einfach nur zauberhaft.

»Na, du als dreifache Mutter hast ja auch Erfahrung«, erwiderte Barbara.

»Ja«, dachte ich stolz, »die habe ich allerdings«, und irgendwie muss mir dieser Gedanke zu Kopf gestiegen sein, denn als Barbara mich wenig später fragte, ob ich Klein Kim nicht mal übers Wochenende hüten könnte, sagte ich ohne nachzudenken: »Ja, klar!«

Am folgenden Sonnabend traf Kim bei uns ein. Sie reiste mit großem Gepäck: Taschen voller Windeln, Kuscheltiere, Nuckelflaschen standen plötzlich im Flur herum. Barbara hatte sich schnell verabschiedet, um ins Wellness-Wochenende abzureisen, was Kim gar nicht weiter berührte. Sie grinste mich an, sabberte ein bisschen auf meinen Teppich und kroch dann mit beachtenswerter Schnelligkeit auf allen vieren davon. Ich folgte ihr in die Küche, wo sie gerade zwei ihrer nassen Finger in die Steckdose bohrte. Und urplötzlich fiel es mir wieder ein: Babys sind nur deswegen so niedlich, weil man sonst vor lauter Anstrengung durch Übermüdung einfach alles stehen und liegen lassen würde. Das hat Mutter Natur sehr tückisch so eingerichtet.

Was sie offensichtlich auch – noch heimtückischer – eingerichtet hat, ist die Tatsache, dass selbst erfahrene Hasenmütter nach nur wenigen Jahren vergessen haben, wie es ist, den ganzen Tag hinter einem Kleinkind herzurennen Und sich, geblendet von der süßen Niedlichkeit, fragen, ob man nicht doch noch einmal – ein letztes Mal –, bevor es zu spät ist ...

Diese Frage stellte ich mir nun nicht mehr. Denn nachdem ich Kim vor einem Stromschlag bewahrt hatte, bemerkte ich den üblen Geruch, den sie verströmte. Wie konnte ein so süßes Kind so entsetzlich stinken? (Fragen Sie Mutter Natur!)

»Hier stinkt's!«, rief mein kleinster Sohn Max, der gerade in die Küche schlenderte, gefolgt von Samuel und Sanne.

»Was ist das?«, fragte Samuel und zeigte auf Kim.

»Das ist ein Baby«, rief ich genervt und versuchte, Kim unter dem Küchentisch hervorzuangeln.

»Ist es das, was so stinkt?«, wollte Sanne wissen.

»So hast du auch mal gerochen«, meckerte ich und bekam Kims Fuß zu packen.

»Niemals«, widersprach Sanne mit arroganter Miene und verzog sich in ihr Zimmer.

»Wenn die nicht mehr so riecht, können wir mit ihr Memory spielen«, bot Samuel mir an, dann verschwanden auch die Jungs, und ich beförderte Kim zu Tage, was sie mit einem undankbaren Geheul quittierte. Kurz darauf versuchte ich, ihr die Windel zu wechseln, und ich muss gestehen, dass ich aus der Übung war. Kim kreischte in schrillsten Tönen und wehrte sich mit aller Kraft gegen eine neue Pampers. Mir brach der Schweiß aus. Drei Windeln klebten auf meinem Handrücken oder auf dem Fußboden, aber nicht an Kinns Po.

Erst beim vierten Versuch stellte ich mich geschickter an. Kim heulte dennoch immer weiter, sie schien mir einiges zu verübeln und warf einen Schnuller nach mir. Wenig später kam Robert, der liebste Ehemann, ins Wohnzimmer, in dem Babyspielzeug, Krabbeldeckchen und Stapel von Windeln verteilt waren. Kim saß auf meinem Schoß und kaute nachdenklich an meinen Haaren, während ich kurz meine Augen geschlossen hatte, um meinen Kreislauf zu stabilisieren.

»Ihr seht aber niedlich aus, ihr zwei«, murmelte Robert.

»Das täuscht«, knurrte ich. »Es sieht nur so aus, in Wirklichkeit ist es Knochenarbeit.«

»Ach«, murmelte Robert und hatte meine Aussage wohl vollkommen überhört. In diesem Alter sind Kinder doch zu niedlich!«

Ich versuchte ihm klarzumachen, dass Mutter Natur ein ganz listiges Weib ist, aber er hörte gar nicht zu und nahm Klein Kim auf den Arm. Aus blauen Engelsaugen lachte sie ihn an.

»Hach«, seufzte Robert wieder. »Da könnte man doch glatt noch einmal darüber nachdenken, ob man nicht selbst...« Fragend blickte er mich an, und in seinen Augen flimmerte ein merkwürdiges Licht, das so aussah, als wollte es noch mehr Leben in die Welt setzen. Am liebsten auf der Stelle.

»Spinnst du?«, rief ich panisch, und »La, le, lu« singend verließ Robert mit Kim auf dem Arm das Wohnzimmer, um ihr auf dem Balkon die Stiefmütterchen zu zeigen. Was hatte ich da bloß heraufbeschworen?

Wenig später klingelte das Telefon. Es war Barbara, die wissen wollte, wie alles lief. »Bestens«, rief ich betont munter.

»Würde es dir etwas ausmachen, wenn ich Kim doch wieder abhole?«, fragte Barbara mit zitternder Stimme. »Sie fehlt mir so.«

Mein Herz machte einen erleichterten Sprung, und so kam es, dass Klein Kim bereits eine Stunde später das Feld wieder geräumt hatte. Zurück blieb ein trauriger Robert, der gedankenverloren in die Stiefmütterchen starrte. Ich werde ihn mal bei Barbara zum Windelwechseln vorbeischicken, dann fällt ihm vielleicht wieder etwas ein!

4

Kinder und Kino? Das geht nicht …

Mit Kindern etwas zu unternehmen ist oft ein großes Abenteuer. Jeder Spaziergang durch den Park ähnelt einer Dschungelexpedition.

Der Gang in den Supermarkt wird zur Meuterei auf der Bounty. Und der Besuch bei Tante Martha erscheint mir (oder ihr?) wie die Invasion feindlicher Truppen. Neulich saß ich mit meinen drei aufgeregten Kindern, drei Bechern Popcorn und drei Flaschen Limonade in einem brechend vollen Kinosaal, und als das Licht ausging, fing diese Geschichte an …

»Pssst! Es geht los!«, zischte ich. Dasselbe zischten schätzungsweise dreiundneunzig andere Eltern und hatten ähnlichen Erfolg damit wie ich, denn eine noch größere Unruhe machte sich breit. Hinter mir stieß irgendein Kinderfuß rhythmisch gegen meine Rückenlehne, neben mir wollte Mäxchen auf den Schoß. »Weil es ja so dunkel ist«, lispelte er feucht in mein Ohr.

»Es ist im Kino immer dunkel«, gab ich zurück, doch er war bereits mit Popcorntüte, Limoflasche und eigens von zu Hause mitgeschlepptem Rucksack auf meinen Schoß gezogen und wollte nicht wieder runter.

Im Gegenteil: Aus dem Rucksack wurde noch Schlappi gezogen, das ist sein Kuschelhase, und in die Höhe gehalten.

»Hase runter!«, flüsterte ich.

»Der sieht doch sonst nichts!«, erwiderte Max empört und hinter mir schlugen inzwischen zwei Füße in meinen Rücken.

Gereizt drehte ich mich um. »Würden Sie bitte Ihrem Kind

sagen, dass es still sitzen soll?«, fragte ich die Mutter des Trommlers.

»Nur wenn Ihr Kind den Plüschhund runternimmt!«, zickte sie mich an.

»Das ist ein Hase«, antwortete ich pikiert.

»Ruhe, bitte!«, rief ein Vater von vorn.

»Schlappi will jetzt sowieso lieber etwas essen«, informierte mich Mäxchen freundlich und stopfte den Hasen in die Popcorntüte.

Dabei ging leider die Limonadenflasche zu Boden, ich spürte wie meine Füße feucht wurden. Hastig setzte ich den protestierenden Max mitsamt Schlappi in der Tüte ab und ging auf Tauchstation.

Doch neben einem ausgespuckten Kaugummi und zwei Bierdosen fand ich nur noch eine leere Flasche wieder, wobei ich nicht sicher war, ob es überhaupt unsere war.

»Nun setz dich doch endlich mal ruhig hin«, rügte mich meine Tochter, als ich wieder hochkam.

»Ich habe Durst!«, jammerte Max.

»Jetzt nicht«, keuchte ich und ließ mich in meinen Sessel fallen.

»Wer ist denn eigentlich diese Marianne?«, fragte mich Samuel und deutete auf die Leinwand.

»Was für eine Marianne?« Erschöpft schloss ich kurz die Augen. In meinem Rücken pulsierten zwei Kinderfüße.

»Hast du denn nicht aufgepasst?«, zischte Sanne. »Das ist doch die Tante von Saskia, der das schöne weiße Pferd gehört!«

»Ah ja«, sagte ich und versuchte, mich auf den Film zu konzentrieren, was schwierig war, denn das kleine Mädchen in der Reihe vor uns hatte sich umgedreht und starrte mir interessiert ins Gesicht.

»Hallo, du!«, sagte sie. Offensichtlich verfolgte ihr Vater die Geschichte von Tante Marianne und Saskia zu gebannt, um seine Tochter zu zügeln. »Hallo«, sagte Mäxchen nicht gerade leise. »Hast du auch Popcorn?«

»Ruhe!«, meckerte wieder die zickige Mutter von dem Trommelkind hinter mir.

»Könnte Ihr Kind bitte endlich mal still sitzen?«, rief ich viel zu laut und drehte mich wutentbrannt um.

»Und könnte Ihr Kind endlich mal leise sein und dieses Plüschtier runternehmen?«, meckerte sie.

»Psssssssssssssst!«, wurde gezischt, denn offensichtlich hatte auf der Leinwand das Schicksal die arme Saskia gerade besonders hart getroffen, und ihr weißes Pferd sollte verkauft werden. Neben mir schluchzte Sanne empört auf.

»Mäxchen!«, wisperte ich. »Nimm Schlappi endlich runter.«

»Schlappi küsst gerade Diddl-Maus«, informierte mich das kleine Mädchen aus der Reihe vor uns.

»Würdet ihr euch jetzt bitte den Film ansehen!«, flüsterte ich etwas lauter. »Sonst gehen wir auf der Stelle nach Hause!«

»Ach, darf ich mit zu euch?«, freute sich das kleine Mädchen. Ihr Vater stierte auf die Leinwand. Zu sehr nahm ihn Saskias Leidensgeschichte mit. Gerade wieherte das weiße Pferd so traurig.

»Ich muss mal aufs Klo«, ließ mich Samuel in diesem ergreifenden Augenblick wissen.

»Das kann nicht wahr sein«, stöhnte ich.

»Ganz, ganz schnell«, wimmerte er. Panisch schob ich mich also mit dem zappeligen Samuel an siebzehn besetzten Kinostühlen vorbei, trat dabei auf viele Füße, erreichte die Toilette. Und während sich Samuel erleichterte, blickte ich in den Spiegel und sah eine zerraufte Mutter im Einsatz, auf deren T-Shirt noch ein paar Popcornflocken hafteten. Außerdem klebten meine Füße von der verschütteten Limonade. Wenig später saß ich wieder im Kinosessel. Schlappi und Diddl-Maus tanzten Walzer, hinter mir wurde getrommelt, Samuel hatte Durst, Sanne wurde schlecht, dazu heulte ein Kleinkind, und ich bekam Kopfweh. Um es an dieser Stelle kurz zu machen: Saskia bekam ihr weißes Pferd zurück. Wohin die böse Tante Marianne dann letztlich ausgewandert ist, kriegte ich nicht mehr mit, weil ich mich mit der Mutter hinter mir streiten musste.

Aber Mäxchen hat jetzt eine neue Freundin, denn mit dem kleinen Mädchen in der Reihe vor uns haben wir nach der Vorstellung Telefonnummern getauscht. Und auch Schlappi freut sich schon auf den Besuch von Diddl-Maus. So kommt auch diese Episode zu ihrem Happy End …

5

Warum bin ich nur so höflich?

Ist es nicht manchmal besser, ein paar kleine Unwahrheiten von sich zu geben, einfach um des lieben Friedens willen?

Sollte ich der besten Freundin wirklich sagen: »Dein neuer Lover ist ja nicht gerade ein helles Köpfchen!«? Ganz zu schweigen von den vielen Dingen, die man seiner Schwiegermutter zu sagen hätte!

Oder neulich Onkel Rudolph: Er saß an einem lauen Sommerabend bei uns auf dem Balkon, trank Weißweinschorle – und nach der dritten war er nicht mehr zu halten.

»Horcht!«, rief er, stach mit dem Zeigefinger in die Luft und starrte in den Wipfel der Blautanne, die auf unserem Hof steht. »Horcht! Das ist eine Heckenbraunelle!«

»Hä?«, murmelte Robert, der liebste Ehemann, unwirsch. »Ich dachte, das wäre eine Tanne.«

»Ein Vogel«, verbesserte Onkel Rudolph ungeduldig. »Erinnert an einen Sperling, doch der Schnabel ist feiner. Die Heckenbraunelle ruft ›stiiiiih stiiiiih‹.«

»Hat Onkel Rudolph Bauchweh?«, fragte meine Tochter Sanne besorgt.

»Stiiiiih«, wiederholte Onkel Rudolph mit hervorquellenden Augen, und hätte ich da nicht besser »Halt den Schnabel!« rufen sollen, anstatt Ausschau nach einer Braunelle in einer Blautanne zu halten?

Habe ich aber nicht, denn es wäre unhöflich gewesen. Mein Verständnis von Höflichkeit hatte allerdings zur Folge, dass uns Onkel Rudolph nun sein gesamtes fundiertes Vogelwissen unterbreitete.

»Während die Straßentaube eher ›dru-rrru-du‹ ruft, klingt es bei der Ringeltaube nach ›du-duu-du‹ …«

»Du, du, Onkel Rudolph«, unterbrach ich ihn gurrend, in der Hoffnung, es wäre ihm dann verständlicher. »Möchtest du vielleicht ein Glas Wasser?«

»Nun gut, wenn es euch nicht interessiert«, knarzte der Onkel beleidigt, und ich atmete erleichtert auf.

»Dann erzähle ich euch eben etwas vom Lanius collurio, dem so genannten Neuntöter, er ruft ›wäääd schack-schack‹ und lebt an Waldrändern, ›wääääd, wääääd‹!« Onkel Rudolph legte sich so richtig ins Zeug. Sanne begann zu kichern.

»Ja, richtig«, feuerte sie der erhitzte Onkel an. »Genauso klingt es, wenn der Karmingimpel singt. ›Tütje-hütja, widje-widje-hüü‹ … er hat ein rotes Köpfchen und einen roten Bürzel und ist in Osteuropa zu finden. ›Tütje-hütja‹ …«

Sanne bekam tatsächlich ein rotes Köpfchen. »Ich besitze keinen Bürzel«, sagte sie hoheitsvoll. »Gute Nacht allerseits und noch viel Spaß.«

Mit vielsagendem Blick zog sie sich in ihr Zimmer zurück, und ich beneidete sie. Onkel Rudolph saß im Korbstuhl wie ein Vogel im Nest und machte sich Gedanken über den Karmingimpel. Ich begann meinerseits, darüber nachzudenken, ab wann zu viel Höflichkeit in Unaufrichtigkeit ausartete.

Und dann fiel mir ein, dass ich neulich im Kaufhaus auch nicht gerade eine ehrliche Haut gewesen war – nachdem ich eine Hose anprobiert hatte, die so gut gesessen hatte wie noch nie – und dann feststellen musste, dass ich mein Portemonnaie vergessen hatte.

Was hätten Sie getan? Wenn Ihnen endlich mal eine Hose so richtig gut gefüllt und sie auch noch preisgünstig ist?

Und ganz unter uns: in Konfektionsgröße 40! Wann passt mir denn schon eine 40?

Ich habe das getan, was jede verzweifelte Einkäuferin getan hätte, ich habe die Hose ganz weit hinten, bei den Größen 48/50 »versteckt«.

Das war zwar unehrlich, aber so richtig schlimm war es wohl nicht. Außerdem vergrub ich noch eine seidene Bluse in einem Haufen reduzierter Unterwäsche und deponierte drei Spitzen-BHs unter einem Stapel langweiliger Pullover. Dann ging ich das Geld holen, und als ich wiederkam, hatte eine übereifrige Verkäuferin alles aufgeräumt. So ist mir die sagenhafte Hose in Größe 40 doch noch durch die Lappen gegangen. Vielleicht hätte ich sie einfach an der Kasse deponieren sollen? Darauf war ich gar nicht gekommen.

»Sissisisisi-siiii«, holte mich Onkel Rudolph in die Realität zurück Robert verdrehte die Augen und ließ die Flügel hängen.

»›Si siiiisi-siiii‹. So ruft das Sommergoldhähnchen«, erklärte der Onkel begeistert.

»Hast du noch Rückenschmerzen?«, unterbrach ich ihn, denn über seine Krankheiten spricht doch jeder gern.

»Nö«, schnarrte Rudolph. ›Nönööönökriiiiaaatschak-tschak‹!«

»Wir sollten ihm eine Taxe rufen«, sagte ich zu Robert

Wenig später wünschten wir einem unschuldigen Taxifahrer viel Glück und winkten erleichtert dem trällernden Onkel Rudolph hinterher, der den sehnsuchtsvollen Gesang einer Nachtigall imitierte.

»Es war die Nachtigall und nicht die Lerche«, grunzte Robert erleichtert, als das Taxi um die Ecke gebogen war.

»Als ob du das auseinander halten könntest«, gab ich zurück.

»Das werde ich wohl bald«, antwortete mein liebster Ehemann gähnend. »Onkel Rudolph hat uns nächste Woche in seinen Club der Vogelfreunde eingeladen, weil wir doch so interessiert gewesen wären.«

Sehen Sie! Das meine ich! Für meine Höflichkeit kriege ich gleich die Rechnung präsentiert.

In diesem Sinne wünsche ich Ihnen: »Tütje-hütja-widje-widje TSCHACK!«

6

Meine Söhne sind ganz lieb – oder?

Ich weiß ja nicht, ob alle kleinen Jungs so sind, denn ich habe ja nur zwei – aber das reicht mir schon. Die Rede ist von Schlacht-Plänen, die lautstark am Frühstückstisch diskutiert werden …

Und von Playmobil-Rittern, die in langen Reihen durch das Wohnzimmer marschieren, um im Badezimmer von mordlustigen Schlümpfen dahingemetzelt zu werden. Dabei sind letztens sogar drei Ritter ins Klo gefallen – und wer hat sie wieder herausfischen müssen? Ich!

Doch nicht nur deswegen bin ich zunehmend genervt von den kriegerischen Ambitionen meiner Söhne. Und ich habe keine Ahnung, wo sie das her haben. Bei uns zu Hause geht es friedlich zu, wir verabscheuen Gewalt, es gibt kein Kriegsspielzeug, und ich habe sogar Skrupel, eine Mücke an der Wand zu erschlagen. Wieso bombardieren sich also meine Söhne, die so liebevoll erzogen werden, abends mit Plüschtieren und Kopfkissen und schreien: »Schlachtschiff versenkt!« Wieso?

Es sind sensible Kinder, die das Krümelmonster aus der Sesamstraße gruselig finden und in der Silvesternacht heulend erwachen, weil sie solche Angst haben. In meinen Augen passt das nicht zusammen.

Neulich lud ich für den Nachmittag ein nettes, kleines Mädchen aus der Nachbarschaft ein. Sie hieß Luise, brachte drei Barbiepuppen mit, und ich hoffte, dass die einen beruhigenden Einfluss auf meine zwei Wikinger haben würden. Hatten sie aber nicht. Wenig später hingen die Barbies kopfüber von der Deckenlampe, wurden mit Legosteinen beschossen, und Luise hatte sich unter dem Bett versteckt.

»Lasst das!«, schrie ich in den Tumult und entknotete die malträtierten Barbies.

»Aber Mama!«, rügte mich Samuel. »Das sind Vampir-Barbies, und die wollten gerade Luise aussaugen!«

»Ach so ist das«, murmelte ich betroffen, denn das konnte ja keiner wissen. Da traf mich ein Legostein an der Schläfe.

»Der Ober-Vampir versucht, die Barbies zu befreien und will uns dann auch aussaugen!«, kreischte Mäxchen grimmig. Er schien den Plan durchschaut zu haben. Zerzaust blickte Luise unter dem Bett hervor.

»Ich will jetzt endlich befreit werden«, beschwerte sie sich, und bevor mich weitere Legosteine treffen konnten, verließ ich fluchtartig das Kinderzimmer, und überließ Luise und ihre Barbies einem ungewissen Schicksal.

»Legosteine sind keine Wurfgeschosse«, versuchte ich meinen Söhnen am Abend zu erklären. »Man baut damit Türme oder Häuser, aber man wirft sie nicht durch die Gegend.«

»Man kann damit machen, was man will«, widersprach Samuel altklug.

»Morgen baut ihr ein nettes Schloss damit«, befahl ich ungeduldig und hätte am liebsten mit der Faust auf den Tisch gehauen wie ein alter General und »Das ist ein Befehl!« gedonnert. Aber bei uns geht es ja wie gesagt immer friedlich und harmonisch zu. Nur nicht im Kinderzimmer …

Meinem mütterlichen Druck nachgebend, bauten Max und Samuel am nächsten Morgen tatsächlich ein Legoschloss. Sie sahen nicht begeistert aus, aber sie taten es, und ich war sehr zufrieden.

»Na, es wird doch«, dachte ich mir. Und hatte mich, wie immer, zu früh gefreut. Denn wenig später hörte ich lautes Poltern aus dem Kinderzimmer dringen.

»Attacke!«, schrie Samuel und zielte mit seinem Hausschuh auf das Legobauwerk. Mäxchen bombardierte es mit Plastikdinosauriern.

»Was macht ihr da?«, rief ich erschrocken.

»Wir stürmen die Burg!«, rief Samuel. »Dafür haben wir sie doch gebaut.«

»Ihr stürmt eure eigene Burg?«, fragte ich ungläubig.

»Na, irgendwer muss es doch tun«, brüllte Mäxchen feurig und warf sich höchstpersönlich in die Legosteine. Dabei tat er sich weh und heulte sehr untapfer. Dann brauchte er ein Pflaster, viele Küsschen und ein rosa Pfefferminzbonbon, um dermaßen gestärkt Matchboxautos gegen den Plüschkopf eines Teddybären fliegen zu lassen und wenig später eine Marsinvasion erfolgreich abzuwehren.

»Warum?«, fragte ich mich schon wieder und immer wieder. »Warum sind meine Söhne so?«

Haben Sie eine Antwort? Oder haben Sie eine kleine Tochter, die singend vom Balkon aus Seifenblasen in die Welt bläst und nachmittags in eine Blumenstickerei vertieft ist? Dann wären Sie zu beneiden.

Dass nämlich auch kleine Mädchen oftmals genauso merkwürdig veranlagt sind, weiß ich seit vergangener Woche. Besagte Luise kam wieder zu Besuch. Dass sie beim letzten Mal so lange unter dem Bett auf Rettung warten musste, schien sie nicht verübelt zu haben. Sie brachte ihre drei inzwischen sehr zerrupft aussehenden Barbiepuppen mit, und kaum waren alle im Kinderzimmer verschwunden, beobachtete ich durch den Türspalt, wie Luise einer dunkelhaarigen Barbie ein Bein auskugelte und einer blonden den Kopf abbiss.

»Wir kochen Hexensuppe«, erklärte sie meinen Söhnen, die eifrig Playmobilmännchen und schmutzige Socken herbeitrugen.

Vielleicht müssen Kinder ja ein wenig gewalttätig mit ihrem Spielzeug umgehen. Vielleicht fördert es ja den gesunden Menschenverstand, und wenn man dann erwachsen ist, mag man niemandem mehr ein Bein auskugeln und damit eine Burg oder ein Parlamentsgebäude stürmen.

Umso besser, wenn man als Kind Plastikritter mitsamt Pferd das Klo hinuntergespült hat und Plüsch-Vampire mit Briobahngleisen gepfählt hat. Dann hat man das Zeug dazu, ein durch und durch friedliebender Mensch zu werden …

7

Ferien mit Kindern – was für ein Stress …

»Wenn einer eine Reise macht, dann hat er was zu erzählen.« Das sagt der Volksmund. Ich habe schon vorher was zu erzählen, denn verreisen hat etwas mit Kofferpacken zu tun.

Und das war noch nie meine Stärke. Denn: Was gehört alles in einen Koffer, wenn man mit drei Kindern unterschiedlichen Geschlechts und Alters für zwei Wochen an die Ostsee fahren möchte? So ziemlich alles …

Ich begann, Sommerkleider und T-Shirts in den Koffer zu legen, Regen- und Strickjacken – und dann passte plötzlich nichts mehr hinein.

»Ich möchte meine Taucherbrille mitnehmen«, beschwerte sich Samuel, während er mich dabei beobachtete, wie ich mich abmühte, den Hartschalenkoffer zu schließen. »Und Fritzi!«

Fritzi ist sein Plüschkaninchen, das schätzungsweise einen Meter groß ist. Endlich war der Koffer zu, und mir fiel ein, dass ich noch Gummistiefel mitnehmen sollte. In Deutschlands Breitengraden weiß man nie so genau. Und wären nicht auch Regenschirme sinnvoll und das Mensch-ärgere-dich-nicht!-Spiel?

Also holte ich einen weiteren Koffer unter dem Bett hervor und ließ sechs Gummistiefel hineinregnen, eine Flasche Sonnenmilch und … »Fritzi!«, rief Samuel fordernd.

»Der ist viel zu groß«, widersprach ich. Daraufhin gab es viele Tränen und Wehklagen. Letztlich gab ich nach, der monströse Fritzi hockte triumphierend auf einem Stapel Unterwäsche (die ich beinah vergessen hätte einzupacken). Er bekam wenig später Gesellschaft von Sannes Minipferd-Kollektion und Maxens Brontosaurier, denn bei uns herrscht gleiches Recht für alle. Leider!

Auch den zweiten Koffer bekam ich nur mit Mühe zu, aber schließlich war es geschafft. Erleichtert strich ich mir eine Haarsträhne aus dem Gesicht und wollte mich gerade ein bisschen freuen, da fiel mir ein, dass ich weder Zahnbürsten noch Seife eingepackt hatte. Und dann kam Robert, der liebste Ehemann, und sagte mit sanfter Stimme: »Wenn du doch schon dabei bist, könntest du dann nicht gleich für mich die paar Hemden und Hosen mit einpacken?«

»Nein«, keuchte ich unfreundlich, denn soeben hatte ich den zweiten widerspenstigen Koffer wieder geschlossen, nachdem ich in seine Ecken einige Hygieneartikel gestopft hatte. Die Vorstellung, mich mit Herrensandaletten und Bermuda-Shorts herumzuplagen, behagte mir gar nicht. Schwitzend holte ich einen dritten Koffer hervor und bereute, überhaupt irgendwo hinzufahren, denn in Berlin ist es doch im Sommer so nett.

»Nächstes Jahr bleibe ich hier!«, rief ich schlecht gelaunt und schmiss Kleider und Sonnenhüte in den Koffer. »Wir könnten mit den Kindern Dampferfahrten auf der Havel unternehmen und Unter den Linden Eis essen. Was soll ich an der Ostsee? Sie ist viel zu weit weg.«

»Immer machst du so ein Brimborium ums Packen!«, raunzte mich Robert an, und dann gab es fast eine kleine Ehekrise. Aber am nächsten Tag war es doch soweit: Das Gepäck war verstaut, und Familie Wekwerth saß angeschnallt morgens um sieben im Auto, um eine Sommerreise anzutreten.

»Hast du auch alles?«, fragte mich Robert.

»Das sage ich dir, wenn wir auf der Autobahn sind«, gab ich kühl zurück, denn ich war noch ein bisschen sauer auf meinen Mann.

»Ist der Herd aus?«, fragte er weiter.

»Glaub' schon«, gähnte ich.

»Na dann, auf in die Ferien«, rief Robert, und mit quietschenden Reifen fuhren wir los.

In meinem schläfrigen Kopf begann es sich ganz langsam zu drehen, und umso weiter wir uns von zu Hause entfernten, umso mehr Dinge fielen mir ein, die ich hätte tun oder packen sollen. Hatte ich außer den Gummistiefeln überhaupt Schuhe für die Kinder dabei? Ich war mir nicht sicher.

Und dass ich vergessen hatte, die Nachbarin zu bitten, unsere Balkonkästen zu gießen, stand bereits fest, als Robert »Let's go surfing now!« singend auf die Autobahn fuhr. Auch dass ich den Mülleimer nicht noch mal geleert hatte, beunruhigte mich zunehmend. Und was war eigentlich mit den Fischen im Aquarium? Wer sollte die füttern?

»Wann kommt denn die nächste Raststätte?«, fragte ich nervös.

»Jaaaa, Hunger«, riefen die Kinder, und mir fiel ein, dass ich wohl auch die zehn Schinkenbrote auf dem Küchentisch vergessen hatte. Wie sieht so etwas nach vierzehn Tagen aus? Und wie riecht es? Und wenn ich mich nicht täuschte, lag auch noch eine angefangene Leberwurst im Kühlschrank.

»Mama will bestimmt einen Kaffee«, rief Robert munter. Dann stutzte er: »Hattest du nicht eine Thermoskanne zum Mitnehmen vorgesehen?«

»Die muss noch im Treppenhaus stehen«, mutmaßte ich kleinlaut.

Um es kurz zu machen: Wir sind noch einmal umgekehrt, haben Fische und Geranien vor dem sicheren Tod bewahrt, den Mülleimer geleert und Schinkenbrote mitgenommen und noch so einiges erledigt.

Und dann stand die Sonne bereits sehr hoch, die Kinder meckerten, und mir war schon wieder nach Zuhausebleiben.

Erschöpft sackte ich in den kochend heißen Autositz. »Das nächste Mal packst du«, sagte ich zu Robert, und als er sich damit einverstanden erklärte, fuhren wir alle fünf endlich an die Ostsee.

Dass ich vergessen hatte, den Fotoapparat mitzunehmen und Sannes brandneuen gepunkteten Bikini – das wusste ich zu diesem Zeitpunkt ja noch nicht …

8

Jungs sind cool – Mädchen auch!

Jeder Mensch ist anders! Was wohl auch daran liegt, dass sich die Menschheit bekanntlicherweise in zwei Lager spaltet: in das weibliche und das männliche.

Und die sind ziemlich verschieden. Dass das Ganze bereits im Buddelkasten losgeht, macht die ganze Angelegenheit nur umso kniffeliger.

»Magst du Rennautos?«, fragt Klein Max seine große Schwester am Frühstückstisch, und es scheint ihm wichtig zu sein.

»Nö«, murmelt Sanne.

»Und die Feuerwehr?«, forscht Max weiter. Seine Augen haben sich geweitet. Das Marmeladenbrot liegt unberührt auf seinem Teller.

»Warum sollte ich?«, erwidert Sanne, denn sie weiß nicht, was auf dem Spiel steht: Ihr kleiner Bruder ist gerade dabei, sich seinen ersten Eindruck von der Weiblichkeit zu verschaffen!

Fassungslos blickt Max zu Boden. Mit zitternder Stimme zieht er sozusagen seinen letzten Joker. »Aber kämpfende Ritter und Feuer speiende Drachen, die magst du doch bestimmt.«

»Überhaupt nicht«, widerspricht Sanne und trinkt in aller Seelenruhe einen Schluck Kakao. Ich sehe förmlich, wie es in Maxens Kopf arbeitet. Dann holt er tief Luft und fragt seine Schwester erschüttert: »Mögen Mädchen keine coolen Sachen?«

Nun ist es an Sanne, sich zu erhitzen. »Mädchen mögen nur coole Sachen, zum Beispiel Pferde, pink lackierte Fußnägel, Shakira …«

»Shakira ist doch die, die sich immer so komisch durch den Schlamm wälzt«, fallt ihr Mäxchen ins Wort, denn neulich haben wir im Fernsehen einen Video-Clip besagter Dame bewundern dürfen. Und da ist sie tatsächlich aus unerfindlichen Gründen mit orientalischen Bauchbewegungen durch etwas Morastiges gezuckt, was die Jungs ganz besonders blöd und peinlich gefunden hatten. Sanne wiederum fand es ganz besonders cool und nachahmenswert. Meine Meinung ist an dieser Stelle nicht so wichtig.

»Ja, diiiie!«, schaltet sich nun Samuel lautstark ein. »Die rutscht da immer durch den Modder und wackelt mit dem Bauch. Total bescheuert!«

»Die ist nicht bescheuert!«, kreischt Sanne und droht mit dem Nutella-Messer. »Die ist das Coolste, was es gibt!«

»Meint ihr die mit dem hübschen Gesicht, die sich so anmutig bewegt?«, schaltet sich nun Robert, der liebste Ehemann, ein.

»Oha!«, denke ich. So dreht sich das Rad des Lebens. Ob Sanne Shakira noch in zehn Jahren cool finden wird, sei dahingestellt. Dafür werden die Jungs irgendwann anfangen, eine halbnackte, sich dauerhaft schlängelnde Frau im Schlamm sehr attraktiv zu finden. Aber dass mein Ehemann für derartige Späße noch empfänglich ist, wundert mich nun doch. »Wie bitte?«, rufe ich also, und meine Stimme hört sich ähnlich erschüttert an, wie die von Mäxchen eben. »Du findest das anmutig? Das ist doch nicht dein Ernst!«

Robert schaut unschuldig. »Ich wollte ja nur wissen, ob Shakira diejenige ist, von der ihr gerade redet.«

»Und du hast gesagt, dass du ihre Schlamm-Nummer toll findest!«, keife ich über den Tisch.

»Ich meinte ja nur, dass es ganz hübsch aussah und dass Shakira eine gute Figur hat und … dass ...« Nun fängt er an zu stottern.

»Hübsch!«, schimpfe ich. »Das ist ja wieder typisch Mann! Darum geht es doch gerade überhaupt nicht! Kaum wälzt sich eine hilflos im Dreck, kriegen Männer Beschützer-Instinkte. Das ist einfach so lächerlich …!«

Robert starrt konzentriert in seine Kaffeetasse. »Ich wollte doch nur sagen, dass …«

»Na, was denn?«, gifte ich.

»Ach, nichts.« Er winkt müde ab.

Das hasse ich ganz besonders! Wenn mir das Adrenalin aus den Ohren schießt und ich so richtig Lust habe, mich zu streiten, tut mein Mann so, als hätte er Wichtigeres zu tun.

»Sag es ruhig«, rufe ich wütend.

»Ich möchte jetzt eigentlich in Frieden mit meiner Familie frühstücken«, gibt Robert zurück und greift beherzt in den Brotkorb.

»Das ist wieder so typisch«, meckere ich. »Wenn es brenzlig wird, ziehst du dich zurück.«

Robert schweigt. Das macht mich rasend.

»Robert!«, rufe ich. »Was ist toll an einer Frau im Bikini, die ein bisschen die Hüften schwingt und Eierpampe im Dekolleté hat? Warum seid ihr Männer immer so empfänglich für einfachste Signale?«

Mein liebster Ehemann stöhnt gequält auf. »Warum sind Frauen immer so eifersüchtig, wenn eine andere mal eine bessere Figur hat?«

Also, das ist wohl der Gipfel! »Ich bin überhaupt nicht eifersüchtig auf diese dumme Kuh und ...« An dieser Stelle muss ich erst mal Luft holen. »Ich finde es absolut unfair, mir zu sagen, dass Shakira eine bessere Figur hat als ich, denn die hat noch nicht mal ein Kind zur Welt gebracht, und ihren persönlichen Fitness-Trainer hat sie außerdem und ...«

»Kommt Jungs, wir gehen spielen«, höre ich Sanne flüstern, und die Kinder verziehen sich ins Kinderzimmer.

Ich bleibe mit Robert, dem windigen Hochverräter, am Küchentisch zurück und bin beleidigt. Wenig später höre ich Sanne zu Mäxchen sagen: »Ich finde Ritter übrigens doch ganz schön cool und Drachen und Prinzessinnen!«

»Na ja«, antwortet er gönnerhaft. »So blöd ist diese Shakira ja nun auch wieder nicht.«

So ist das mit den verschiedenen Lagern der Geschlechter. Vielleicht sollte man das Ganze nicht zu ernst nehmen. Aber Shakira finde ich trotzdem nicht cool!

9

Meine Söhne lieben Technik …

Dass Kinder viel fragen, ist ja normal. »Was ist das für ein Tier?« »Warum ist es nachts dunkel?« »Wieso kauft du mir kein Eis?« Okay, darauf findet man immer eine Antwort.

Aber wenn man Kinder hat, die sich für Technik, Feuerwehren, Magentätigkeiten, Herzfrequenzen und Weltraumsonden interessieren, dann kommt man ins Schleudern. Zumindest wenn man nicht gerade bei der NASA arbeitet oder wenigstens ein Studium der Luft- und Raumfahrt und ein weiteres der Medizin absolviert hat.

Ich habe weder das eine noch das andere zu bieten, und deswegen kam ich neulich in arge Bedrängnis …

Da stand Samuel nachdenklich vor dem Kühlschrank und murmelte:

»Wer schaltet da drin eigentlich das Licht aus, wenn die Tür zu ist?«

»Ähem«, machte ich, denn es war sechs Uhr früh, und alles, was mich interessierte, war eine Tasse Kaffee.

»Na, wer denn nun?«, fragte Samuel putzmunter. »Und wieso ist es hinter dem Kühlschrank warm, wo es doch drinnen kalt ist? Maammaaaaaaaa«

Das sind die Morgen, die schwer auszuhalten sind. »Nimm es, wie es kommt«, krächzte ich ausweichend und stellte lieber schnell die Kaffeemaschine an.

»Und wie funktioniert diese Maschine?«, wollte Samuel wissen und dabei starrte er auf die Tropfen, die gerade schwarz und duftend in die Kanne fielen.

Darüber hatte ich mir in meinem ganzen Leben noch keine Gedanken gemacht. Hauptsache, der Kaffee war heiß. Aber nun, morgens um sechs, schlug das Schicksal mir meine Ignoranz um die Ohren.

»Wie kommt das Wasser da hoch und als Kaffee wieder runter?«, rief Samuel ungehalten, denn von seiner schläfrigen, mundfaulen Mutter hatte er jetzt offenbar genug.

»Nun«, sagte ich verunsichert. »Man tut Kaffeepulver in diesen Filter hier und dann …«

»Und dann …?« Samuel hing an meinen Lippen.

»Dann«, fuhr ich fort. »Dann … drückt man auf den Knopf!«

»Jaaaa, doooch«, kreischte Samuel verzweifelt. »Aber was passiert, wenn man den Knopf gedrückt hat? Was geschieht dann im Inneren dieser Maschine?«

»Dann fließt Strom«, murmelte ich schuldbewusst.

»In den Kaffee?«, wollte mein Sohn beeindruckt erfahren.

»Gewissermaßen«, sagte ich räuspernd. Ich brauchte jetzt dringend einen Schluck davon. »Der Strom ...«, fuhr ich langsam fort, »fließt in die Maschine, erhitzt das Wasser und lässt es in den Kaffeefilter tropfen.«

Das war doch gar nicht so übel. Fragend blickte ich Samuel an. Ob er jetzt Ruhe geben würde?

»Hm«, machte er nachdenklich. »Und wie funktioniert dann der Kühlschrank? Kann Strom Dinge auch kalt machen, statt warm? Und wie wird überhaupt das Haus geheizt, und woher kommt der ganze Strom?«

Ich brach auf dem Küchenstuhl zusammen. Vertraulich rückte Samuel nah an mich heran.

»Und was ich schon immer wissen wollte: Wie funktioniert eigentlich ein Föhn?«

Mit geschlossenen Augen nahm ich einen Schluck Kaffee. »Ich werde mich erkundigen, Samuel«, versprach ich, denn sollte ich dem Kind gestehen, dass ich überhaupt keine Ahnung hatte, wie ein Föhn funktioniert? Und die Sache mit dem Strom ist mir auch nie so ganz klar geworden. Er wird in einem Kraftwerk hergestellt, oder? Aber wie eigentlich? Und dann gibt es noch Solar-Energie. Vielleicht sollte ich ein wenig an meiner Allgemeinbildung arbeiten?

Nachdenklich rührte ich in meiner Tasse, sah darin einen kleinen Strudel entstehen und schloss schnell wieder die Augen, um mir nicht auch noch Gedanken darüber zu machen, warum sich durch die schnelle Drehbewegung des Löffels eine trichterförmige Vertiefung im Milchkaffee gebildet hatte.

Das war einfach alles zu viel für mich an diesem frühen Morgen. Als dann auch noch Klein-Max um die Ecke bog und, statt »Guten Morgen« zu sagen, vor sich hin murmelte: »Wenn ich bloß wüsste, wie die Ritter in ihren Rüstungen früher aufs Klo gegangen sind, wenn sie mal dringend mussten ...«, begann ich vor Verzweiflung laut zu lachen, denn auch das konnte ich nicht beantworten.

Wenig später waren die Kinder im Kindergarten, und ich ging schnurstracks in eine Buchhandlung, um mich dort mit kindgerechten Nachschlagewerken einzudecken. Inzwischen ist Familie Wekwerth um einiges schlauer als zuvor. Samuel weiß (und ich weiß es jetzt auch!), wie Trinkwasser in einem Wasserwerk gereinigt wird, wie eine Klospülung funktioniert und wie eine Waschmaschine von innen aussieht. Mäxchen hat erfahren, wie Zugbrücken gebaut werden und mit welchen Geräten ein Feuerwehrmann ausgerüstet ist.

Und wir sind nun auch ganz sicher, dass nicht ein kleiner Kobold das Licht im Kühlschrank an- und ausknipst, sondern dass es dort einen Lichtschalter gibt, auf den die Kühlschranktür beim Zufallen drückt. Schade eigentlich, ein Kobold wäre netter gewesen.

Hier meine dringende Empfehlung, die ich allen fragegestressten Eltern ans Herz legen möchte:

Die Sachbuchreihe für Kinder »WIESO? WESHALB? WARUM?«

Doch wie die Ritter in ihren Rüstungen Pipi gemacht haben, das steht da leider auch nicht drin ...

10

Wenn das Essen zum Abenteuer wird …

Auf der Suche nach dem immer Schnelleren, Höheren, Weiteren verhebt sich die Menschheit von Zeit zu Zeit …

Warum müssen auf einmal mehr als 600 Passagiere in einen neuen Flugzeugtyp passen? Und was suchen wir auf dem Mars?

Doch auch ich selbst greife gerade ein wenig zu hoch, denn das, was ich heute beschreiben möchte, fand nicht im Himmel statt – sondern auf der kleinen Wiese im Hinterhof unseres Hauses. Es war der Versuch, aus einem stinknormalen Familienabendessen etwas Originelleres zu machen als das übliche Herumreichen von Wursttellern und Brotkörben, begleitet von mütterlichen Ermahnungen, wie »Sitz bitte still – sprich nicht mit vollem Mund – würdest du aus dem Radieschen bitte kein Rennauto schnitzen?«

Sie werden sagen, es ist nichts Besonderes, auf einer Wiese zu essen. Das ist es aber manchmal doch.

»Es kommt ein wenig kühl von unten«, murrte Robert, der liebste Ehemann, nachdem wir alle auf einer karierten Decke Platz genommen hatten.

Ich überhörte diesen Einwand und verteilte gut gelaunt bunte Plastikteller.

»Wer von euch möchte ein hart gekochtes Ei?«, rief ich.

»Nicht so laut«, zischte Robert. »Sonst hören dich die Nachbarn.«

»Mach mal den Wein auf, lieber Robert«, erwiderte ich noch ein bisschen lauter, denn was interessieren mich die Nachbarn?

»Gibt es Salz zu den Eiern?«, fragte Sanne.

Das hatte ich wohl vergessen einzupacken. Und da ich auch das Besteck vergessen hatte, sprang ich schnell auf, eilte ins Haus, lief zwei Stockwerke nach oben, schloss auf, ging in die Küche und sah auf dem Küchentisch zehn geschälte Möhren liegen, die hatte ich wohl auch vergessen.

Aber es war ja nicht so schlimm: Möhren gegriffen, Salz und … was war es noch gewesen? Richtig, das Besteck. Und schon konnte es weitergehen.

Nur schnell aus der Wohnung, die Treppen wieder runter, Herrn Moser aus dem ersten Stock begrüßt, und schon war ich wieder da.

»Wer will eine Möhre?«, rief ich ausgelassen, so dass es im ganzen Hof schallte. »Nicht so laut«, zischelte Robert wieder.

»Nun entspann dich doch mal!«, sagte ich und an Mäxchen gewandt: »Würdest du bitte aufhören herumzuzappeln?« Offensichtlich können kleine Jungs auch auf karierten Decken hervorragend zappeln.

»Ich möchte bitte Salami auf mein Brot«, sagte Samuel artig.

»Es gibt Schinken oder Käse«, antwortete ich.

»Ich will aber Saalaaamiiiiii«, erboste sich mein Sohn. Und wieder hallte es im Hof.

»Scht!«, machte ich, denn irgendwo öffnete sich ein Fenster.

»Wo ist der Korkenzieher?«, fragte Robert und stieß das Gurkenglas um.

»In der rechten Küchenschublade«, antwortete ich kühl.

»Dann trinke ich Apfelsaft.« Robert stellte die Rotweinflasche beiseite.

Da ich aber gern ein Glas Wein getrunken hätte, stand ich auf und eilte – nicht mehr ganz so schnell wie das Mal zuvor – die Treppen hinauf in den zweiten Stock.

Dabei traf ich wieder Herrn Moser, der mich fragte: »Was machen Sie da eigentlich?«

»Das frage ich mich auch gerade«, antwortete ich, erreichte die Wohnung, kramte in der Schublade – und fand den Korkenzieher nicht.

Dafür zog ich mir schnell ein paar dickere Socken an, denn es kam tatsächlich herbstliche Kühle aus der karierten Decke. Aber das würde ich niemals zugeben.

»Ich finde den Korkenzieher nicht!«, brüllte ich wütend aus dem Küchenfenster in den Hof hinunter.

»Nicht so laut!«, schrie Robert zurück und hielt triumphierend den Korkenzieher in die Luft. Er hatte ihn also gefunden, und ich stieg, mich am Geländer festhaltend, langsam die Treppe hinunter.

»Wo ist Mäxchen?«, fragte ich schnaufend, als ich endlich wieder auf der Decke saß.

»Der ist da hinten bei den Mülltonnen«, antwortete Samuel und bohrte seine Gabel in eine Möhre.

»Spiel nicht mit dem Essen«, ermahnte ich ihn und sehnte mich klammheimlich in meine gemütliche Küche zurück. Dort gibt es nämlich praktische Schränke mit vielen Schubfächern, es ist warm und hell.

»Ich spiele nicht«, klärte mich Samuel auf und hielt die aufgespießte Möhre dabei in die Luft. »Ich schreibe. Und das ist ein T!«

»Hm«, machte ich und sah wie eine Mülltonne wackelte. »Mäxchen«, rief ich. »Komm sofort her!«

»Und das hier«, fahr Samuel fort, »ist ein besonders langes I und das ... AAAUUU-AAAHHH!«

Samuel hatte sich mit der Gabel gepikt. Und ich erinnerte mich dann, dass es in meiner Küche auch einen Schrank mit Heftpflastern und Desinfektions-Spray gibt. Und Mülltonnen stehen dort auch nicht herum.

Während ich auf Samuels leicht verletzten Finger pustete, rief Mäxchen: »Booaaah, hier liegt ja eine tote Ratte!« In diesem Moment stützte Herr Moser sich im ersten Stock auf sein Fensterbrett und fragte: »Was machen Sie da eigentlich?« Und in diesem Augenblick hatte ich genug.

Warum muss die Menschheit auf den Mars? Warum kann sie nicht einfach an einem Küchentisch zu Abend essen und die Kinder mit vollem Mund sprechen lassen? So werde ich es in Zukunft wieder halten.

11

Wozu brauche ich einen Handwerker?

»Selbst ist der Mann« – und schon fliest er das Badezimmer. Oder er versucht es zumindest …

Das Ergebnis ist dann meistens ein versautes Wochenende und Fugenspachtelmasse überall im Haus. Manchmal auch eine Ehekrise. »Selbst ist die Frau« hat allerdings die gleichen Folgen. Dabei wollte ich neulich nicht das Bad neu fliesen, denn ich erkenne meine Schaffensgrenzen. Ich wollte im Flur eine alte Tapete von der Wand ablösen.

»Das kann ja keine große Aktion sein«, dachte ich mir, überflog ein paar Seiten in einem Ratgeberbuch mit dem vielversprechenden Titel »Selbst gemacht, besser gemacht,« und dann konnte es auch schon losgehen. Die Tapete war einzuweichen und mit einer Nagelwalze zu perforieren.

Nun haben wir aber leider keine Nagelwalze im Haus. Deshalb ließ ich es bleiben und sprühte nur wie besessen mit der Blumendusche auf die altmodische Blümchentapete ein. Dabei floss eine Menge Tapetenlöserflüssigkeit an meinen Unterarmen entlang und auf den Teppichboden.

»Wo gehobelt wird, da fallen Späne«, keuchte ich, denn nun war ich so richtig in Fahrt. Als ich gerade zum Spachtel (festes Stahlblatt, langer Stiel) greifen wollte, klingelte das Telefon, und kurz darauf erklang vom Anrufbeantworter die verzweifelte Stimme meiner besten Freundin Marie. »Das ist die Krise meines Lebens«, heulte sie.

TAPETEN
EX

Da ließ ich natürlich den Spachtel fallen und eilte Tapetenlöser tropfend über die Diele. Vom Handwerker zum Psychoanalytiker. So nah liegen die Dinge im Leben manchmal beieinander.

Nach einer guten Stunde waren Maries Tränen getrocknet. Die Blümchentapeten im Flur allerdings auch. Wütend hackte ich ein paar Mal mit dem Spachtel auf die Wand ein, dann griff ich beherzt zur Sprühflasche, doch die Tapetenlöserflüssigkeit war alle.

»Harte Arbeit leicht gemacht«, stand im Buch. »Mit einem Dampfablöser arbeiten Sie umweltfreundlich und ermüdungsfrei!«

»Ha!«, dachte ich. »Mit dieser guten Idee kommen sie erst am Ende der Seite«, und da mir das Wort »ermüdungsfrei« so verlockend im Ohr nachklang, beschloss ich, mich im nächsten Baumarkt mal zu erkundigen. Leiter, Spachtel, Blumendusche ließ ich hinter mir. Das waren doch Utensilien für Anfänger.

Ich war sehr wohl in der Lage, mit professionellen Gerätschaften umzugehen. Das erklärte ich wenig später im Baumarkt dem kritisch dreinblickenden Herrn im orangefarbenen Overall auch.

»Wie viel Quadratmeter Tapete wollen Sie denn ablösen?«, fragte er.

Das verunsicherte mich, denn erstens wusste ich es nicht, und zweitens ging es ihn doch gar nichts an. Was ich in meinem Flur mache, ist Privatsache!

»Ist das wichtig?«, gab ich kühl zurück.

»Der Kauf eines Dampfablösers lohnt sich nur, wenn Sie große Tapetenflächen ablösen müssen«, informierte er mich und wurde mir immer unsympatischer.

»Es geht mir vor allem um die Ermüdungsfreiheit«, konterte ich und fand, dass ich mich anhörte, als hätte ich wirklich Ahnung, wovon ich spreche.

»Wie viele Quadratmeter?« Aus kalten Augen starrte er mich an.

Ja, wollte dieser Mensch mir nun etwas verkaufen oder nicht? Ich räusperte mich gereizt. »Sehr viele ...«, antwortete ich, »... sehr viele ›gefühlte‹ Quadratmeter, verstehen Sie? Es kommt mir vor, als wären es sehr viele, wenn ich sie alle einsprühen und mit einer

Nagelwalze traktieren und dann mit dem Spachtel abkratzen soll. Sehr, sehr viele …«

Erschöpft hielt ich inne und fuhr mir durch das Haar, in dem noch eine halbe Packung Tapetenlöser zu kleben schien.

»Und dann geht die Arbeit erst los«, sagte der Mann im Overall ohne Erbarmen, »Dann müssen Sie den Untergrund vorbereiten: Risse im Putz werden mit einer Rissbinde verschlossen, dafür empfehle ich Zellulose-Füllstoff, der ist elastischer als Gips. Und Sie müssen außerdem dann noch alte Dübellöcher füllen und die ausgebesserten Flächen anschließend mit Tiefengrund streichen und dann …«

»Gibt es dafür umweltfreundliche und ermüdungsfreie Möglichkeiten?«, unterbrach ich ihn, denn ich hatte den Eindruck, dass er mich ärgern wollte.

»Ja«, gab er ungehalten zurück. »Holen Sie sich einen Fachmann ins Haus.«

Nun war ich wirklich beleidigt. Dieser Typ in Orange traute mir wohl gar nichts zu. Außerdem stand ihm die Farbe nicht.

»Der Einsatz eines Fachmannes lohnt sich nur, wenn eine große Tapetenfläche abgelöst werden muss«, erklärte ich schnippisch und verließ frustriert den Baumarkt.

Wieder zu Hause räumte ich die Leiter in die Rumpelkammer zurück, schmiss die verklebte Sprühflasche weg und putzte eine Weile an den Flecken auf dem Fußboden herum, die zu viel Tapetenlöser dort hinterlassen hatte.

Dann ging ich erst einmal duschen und entschied dabei, dass so eine kleine Fläche Blümchentapete doch eigentlich sehr romantisch wirkt. Und ehrlich: Dass sie sich neuerdings an einigen Stellen leicht wellt – das gibt unserem Flur erst die richtig nostalgische Note …

12

Ich möchte eine gute Ehefrau sein

Auf dem Flohmarkt geriet mir vor kurzem ein ziemlich zerfleddertes Ratgeberbuch in die Hände. Es ging darum, wie Frauen Ehemännern das Leben so richtig schön machen können.

Erst habe ich gelacht. Aber weil das Paar auf dem Schwarzweißfoto so glücklich in die Kamera grinste, dachte ich mir, dass vielleicht etwas dran wäre, und habe das Buch gekauft.

»Männer haben Hunger, wenn sie von der Arbeit heimkommen. Halten Sie seine Leibspeise bereit!«, lautete Punkt eins.

»Machen Sie sich schön für ihn!«, ging es weiter. »Seien Sie erfrischt und ausgeruht!« »Legen Sie Make-up auf, und ziehen Sie sich nett an!«

»Seien Sie fröhlich!«

»Seien Sie glücklich, ihn zu sehen, auch wenn er zu spät kommt oder die ganze Nacht weggeblieben ist!«

Wie bitte? Das war ja wohl nicht ernst gemeint! Wenn Robert, der liebste Ehemann, eines Tages unangekündigt eine ganze Nacht wegbleibt, lasse ich die Schlösser auswechseln.

Dann bin ich auch nicht mehr glücklich, ihn zu sehen. Und fröhlich schon gar nicht. Aber bis jetzt ist er noch jeden Abend nach Hause gekommen.

Mehr als ein lässiges »Hallo, Robert« ist ihm dann nicht entgegengeklungen. Und wenn es nach dem Ratgeber aus den Fünfzigerjahren geht, habe ich alles, aber auch alles falsch gemacht.

Ich habe es ihm bisher weder in seinem Lieblingssessel bequem gemacht noch ein kaltes Getränk serviert, und seine Schuhe hat er bisher immer allein ausgezogen. Unser Zuhause ist auch nicht durchgehend ein Ort voller Ordnung, Frieden und Gemütlichkeit. Das alles würde sich nun ändern. Vor allem die Punkte »Zweifeln Sie nicht an seinem Urteilsvermögen« und »Sprechen Sie mit leiser, sanfter Stimme« wollte ich mir besonders zu Herzen nehmen.

Letzte Woche war es dann so weit. Ich hatte Curryhuhn mit Reis vorgekocht, alles stand bereit für einen Begrüßungs-Drink, die Kinder hatte ich in ihre Zimmer gesperrt und ihnen Strafen angedroht, wenn sie sich blicken lassen würden, bevor ihr Vater nach ihnen gerufen hätte. Schließlich sei er der Hausherr, erklärte ich ihnen.

»Hä?«, machte Sanne und sah mich an, als hätte ich meinen Verstand verloren.

»Na ja«, sagte ich ausweichend. »Es ist nur ein Experiment.«

»Was is' ›n‹ ein ›Peximent‹?«, wollte Max wissen.

»Ein Spiel«, erkläre Sanne nicht ganz korrekt, aber vielleicht war dies tatsächlich die beste Beschreibung für das, was dann folgen sollte.

Robert, das abgekämpfte, rechtschaffene Oberhaupt der Familie, traf ein. Der schönste Augenblick meines Tages!

Ich gegrüßte ihn mit einem warmen Lächeln, in der Hoffnung, dass er bemerken würde, wie aufrichtig ich mir wünschte, ihm Freude zu bereiten. »Liebster!«, rief ich.

»Hallo«, erwiderte er. »Wo sind die Kinder? Ist ja so ruhig hier.«

»Möchtest du sie gern sehen? Willst du nicht erst ein Getränk? Komm, ich rück' dir das Kissen im Sessel zurecht, Nimm Platz, ruh dich aus.«

All das floss in harmonischen, gedämpften Tönen aus meinem geschminkten Mund.

»Alles in Ordnung mit dir?«, fragte Robert. »Warum sprichst du so leise? Hast du Halsweh?«

Mit diesen Worten schoss der Herr des Hauses seine Schuhe von den Füßen, und ich hätte ihm so gern dabei geholfen. Sogar ein Kaminfeuer hätte ich für ihn entzündet, damit er es behaglich hat. Aber wir haben keinen Kamin.

Diensteifrig eilte ich in die Küche, rührte im Kochtopf, mixte einen Gin Tonic, den ich auf ein Tablett mit einer Schale voller Erdnüsse stellte, und folgte dem Chef – Robert – ins Wohnzimmer, wo er sich auf die Couch gesetzt hatte. Schweigend nahm ich zu seinen Füßen Platz. Eine gute Ehefrau weiß immer, wo ihr Platz ist.

»Ah, danke«, sagte Robert und griff nach dem Glas, was mein Herz jubeln ließ. War es nicht wundervoll, für das Wohlergehen des Ehemannes zu sorgen?

»Warum sagst du nichts?«, wollte er wissen.

Ich lächelte. »Ich höre dir zu. Deine Themen sind wichtiger als meine.«

Robert blickte verwirrt auf meinen Scheitel. »Könntest du bitte mal aufstehen?«

Sofort sprang ich auf.

»Und aufhören so zu grinsen?«, fuhr er fort.

»Meine Güte«, entfuhr es mir. »Dir kann man es aber nicht recht machen!«

»Mir?«, rief er. »Ich mag überhaupt keine Erdnüsse!«

»Ich will es dir nur behaglich machen!«, kreischte ich frustriert, und eine Strähne meiner frisch geföhnten Haare fiel mir in die Stirn.

Nun sollte ich also nicht an seinem Urteilsvermögen zweifeln? Und die Sache mit der sanften Stimme war wohl auch gegessen!

»Papaaa!«, riefen die zerzausten Kinder, die aus ihren Zimmern ausgebrochen waren, und in der Küche brannte das Curryhuhn an. So sieht der Ehealltag im neuen Jahrtausend wohl eher aus.

Zu guter Letzt sagte ich zu Robert: »Deine Schuhe da vorn im Flur kannst du gefälligst selbst aufheben.« Und dann trank ich nach diesem anstrengenden Tag seinen Gin Tonic aus, und alles war wieder gut ...

13

Alle meinen es nur gut mit mir …

»War ja nur gut gemeint!« Wenn jemand das sagt, ist meistens schon etwas gründlich schief gelaufen. Neulich sagte es meine Schwiegermutter …

Sie hatte mir einen langen, ausführlichen Vortrag über die Ordnung in Schubladen und den Vorzug von Silberputztüchlein gehalten. Bis ich ihr sagte, dass sie sich um ihre eigenen Schubladen kümmern soll und ich sowieso nur eine einzige schwarz angelaufene Suppenkelle besitze.

Da hieß es dann auf einmal beleidigt: »War ja nur gut gemeint. Aber mit dir kann man sowieso nicht reden. Immer nimmst du alles gleich persönlich und machst eine Geschichte draus.« Das habe ich dann allerdings persönlich genommen …

Und der ganze Stress nur, weil es wieder einmal einer nur gut gemeint hat. Wie Robert!

»Guten Morgen«, hörte ich es singen, und ich erwachte unwillig aus meinem Tiefschlaf.

Auf meinem Nachttisch stand eine Tasse Kaffee, auf meinem Bettrand saß frisch rasiert, geduscht und bekleidet mein Ehemann und grinste mich an.

»Moin«, knurrte ich und schloss wieder die Augen, nachdem mir mein Wecker gesagt hatte, dass es sieben Uhr früh war. Mein verschlafenes Großhirn meldete verspätet, dass es Sonntag war, und mein übermüdeter, aber hellwacher Verstand verkündete, dass ich um diese Uhrzeit keine Lust auf Kaffee und rasierte Ehemänner hatte.

»Ich habe dir Kaffeeeee gekoooocht«, flötete Robert. »Und den Tisch gedeeeeckt. Die Kinder warten schon.«

»Mag nicht«, murrte ich schlaftrunken, denn lange Sätze brachte ich noch nicht zustande. Sonntag früh um sieben! Ich bitte Sie! Was soll denn das?

»Hahaha«, lachte Robert munter und kniff mir in die Nase. »Wer will denn da nicht aufstehen?«

Großhirn, Verstand und schlechte Laune hatten sich mittlerweile verbündet, und nur ein wenig Adrenalin dümpelte durch meine Blutbahn.

»Mann!«, rief ich gereizt. »Ich bin es, die nicht aufstehen will, weil es sieben Uhr ist, und ich auch einmal die Woche ausschlafen will!«

Sie können sich denken, was dann kam. »Ich hab' es ja nur gut gemeint … blabla ... wenigstens einmal die Woche ein gemeinsames Frühstück ... blabla … immer hast du morgens schlechte Laune … ich hab' dir sogar Kaffee gekocht …« Und so weiter und so weiter.

Anstatt mich einfach mal schlafen zu lassen. Da Robert sowieso mitsamt Tasse hinausgerauscht war, konnte ich auch noch ein Viertelstündchen schlafen. Das ist am Sonntagmorgen um sieben Uhr ja kein besonders unrealistischer Wunsch.

In unserer Familie schon. Denn kurz darauf hörte ich die Kinder draußen vorbeipoltern.

»Seid doch mal leise!«, rief Sanne direkt vor der Schlafzimmertür. »Mama schläft noch!«

»Selber leise sein!«, brüllte Samuel zurück.

»Ich bin doch leise!«, kreischte Sanne in höchsten Tönen. »Aber ihr seid immer so laut!«

»Bin ich gar nicht!«, meckerte Max und stampfte wohl mit dem Fuß auf, um seine Aussage lautstark zu bekräftigen, denn ein dumpfer Knall erklang.

Nun wetterte die dunkle Stimme meines frühaktiven Ehemannes durch die Wohnung.

»Ich habe euch doch gesagt, dass ihr leise sein sollt!«

Ein verkniffener Blick auf den Wecker verriet mir, dass es zwanzig nach sieben Uhr war.

Ist es zu viel verlangt, wenn eine hart arbeitende Frau einmal in der Woche ausschlafen will? Nein, ist es nicht.

Also schlief ich einfach weiter. Bis polternd die Schlafzimmertür aufgerissen wurde, und Mäxchen mit einem Turm aus Legosteinen am Fußende stand.

»Schlaf nur weiter«, keuchte er, denn so schwer und schief war sein Bauwerk. »Ich schenke dir diesen Turm, damit du was Hübsches zum Ansehen hast, wenn du gleich aufwachst.«

Das war nun wirklich nett und bestimmt ganz besonders gut gemeint. Trotzdem war es erst halb acht. Und immer noch Sonntag.

Ich versuchte weiterzuschlafen, was eine immer größere Herausforderung wurde. Aus dem Kinderzimmer törötete Benjamin Blümchen, aus der Küche hämmerte ein nervtötend gut gelaunter »Gutenmorgen-Sender«, und dann klingelte das Telefon.

Ich war umzingelt von Frühmenschen.

Wer ruft am Sonntagmorgen in der Morgendämmerung bei friedlichen Mitmenschen an? Wer? Meine Schwiegermutter.

Ich hörte Robert antworten: »Ja, Mama. Nein, Mama. Die schläft noch. Ja, Mama. Mit den Kindern gefrühstückt. Tja, Mama. Du weißt doch!«

Was weiß sie? WAS? Wütend riss ich die Augen auf. Muss ich mich immer schuldig fühlen? Was soll das heißen: »Tja, Mama. Du weißt doch ...«?

Ich riss die Decke beiseite, dabei ging der schiefe Legoturm zu Bruch, und ich trat auf ein besonders scharfes Lego-Eck-Steinchen, das sich schmerzvoll in meine Fußsohle bohrte. Damit war ich wach!

Ich humpelte kaffeedurstig in die Küche. Robert hatte gerade aufgelegt. »Schöne Grüße von meiner Mutter«, sagte er.

»Wieso ruft die so früh an?«, meckerte ich.

»Es ist halb elf«, antwortete Robert unterkühlt.

»Ach«, machte ich, da hatte ich mich wohl eben verguckt. Na so was!

Robert reichte mir eine Tasse Kaffee. »Sie lässt ausrichten, sie hätte dir so ein Silberputztüchlein besorgt. Du wüsstest schon!«

»Ja, ja«, antwortete ich milde gestimmt, denn es war Sonntag, ich war ausgeschlafen und nahm gerade den ersten Schluck Kaffee. »Sie hat es ja nur gut gemeint …«

14

Aufräumen wie die Chinesen

Kennen Sie Feng Shui? Die Lehre, die Wohnräume in Harmonie zu ihrer Umgebung bringt? Und wenn das gelingt, wird man geradezu von Glück, Gesundheit und Erfolg überflutet …

Hatte ich mir jedenfalls so vorgestellt. Anhand meines chinesischen Feng-Shui-Ratgeberbuches stellte ich dann fest, dass sich in der »Reichtumsecke« meines Wohnzimmers ein Papierkorb befand, und Sie können sich sicherlich vorstellen, was das bedeuten musste.

Ich war gar nicht daran schuld, dass mein Konto immer so überzogen war, es lag auch nicht an meiner letzten Shopping-Tour, nein, der dumme Papierkorb war verantwortlich, und nachdem ich ihn woanders hingestellt und dafür eine nette Zimmerpflanze in der »Reichtumsecke« postiert hatte, wappnete ich mich mental für den bevorstehenden Lotto-Gewinn.

Vorher hatte ich laut Ratgeber aber noch einiges zu entrümpeln, denn »ein Leben voller Krempel kann nicht fließen« ... Das leuchtete ja ein. Es führte mich also in den Keller.

Neben fünf Rodelschlitten und drei kaputten Toastern befand sich dort ein Schrank ohne Türen, vollgestopft mit alten Büchern, Briefen und mottenzerfressenen Wintermänteln. Das erklärte alles: Darum war meine Energie in letzter Zeit also so niedrig, weil meine Wurzeln sich nicht entfalten konnten! Um das zu ändern, schmiss ich in große Kisten, was mir unter die Finger kam. Wer braucht schon ein Tonbandgerät von 1964? Und einen künstlichen Weihnachtsbaum?

Auch die Liebesbriefe von Rudi (ganz unter uns: Der war meine erste große Liebe, 1981) rieselten in eine Mülltüte. Tat überhaupt nicht weh!

Im Gegenteil, eine Aufräumwut hatte mich gepackt, die nicht im Keller befriedigt werden konnte, und mit Spinnweben im Haar keuchte ich die Treppen in die Wohnung zurück und machte mich über meine Porzellanvögelchen-Sammlung her.

»Wer sammelt, hat ein Problem mit dem Urvertrauen«, hatte ich soeben erfahren, und wer will schon ein Problem mit dem Urvertrauen haben?

Ich jedenfalls nicht. Also klirrten wenig später meine Vögelchen in eine Kiste, deren Inhalt ich demnächst auf dem Flohmarkt verkaufen wollte. Dazu kamen Mokkatässchen (die hatte ich nämlich auch gesammelt) und bunte Likörgläschen (eine weitere kleine Sammlung).

Nicht, dass Sie jetzt glauben, ich wäre kein vertrauensvoller Mensch. Ganz im Gegenteil: Ich hatte großes Vertrauen in das Feng-Shui-Buch und gab auch meine Sammlung winziger Glasväschen auf. Dann brauchte ich erst einmal eine Pause.

Während ich eine Tasse Jasmintee trank, las ich, dass man niemals mit dem Rücken zur Tür sitzen sollte, und sofort begann ich, das Wohnzimmersofa zu verschieben, auch zwei sich gegenüber hängende Spiegel nahm ich von der Wand. Kurz fragte ich mich, wie wir überhaupt in dieser von miesen Strömungen durchzogenen Wohnung so lange überleben konnten – ohne ein klingendes Windspiel und ohne Zimmerspringbrunnen, denn wussten Sie, dass fließendes Wasser im Haus ein Muss ist? Sonst fließt überhaupt nichts in anderen Bereichen. Geld zum Beispiel!

Mit dem letzten Schluck Tee machte ich mich wieder an die Arbeit.

Leider ging einer der Spiegel zu Bruch, und ich fragte mich besorgt, ob die Leute in China eigentlich schon mal etwas von den sieben Jahren Pech gehört hatten. Ich schob und schubste noch eine Weile am Mobiliar herum, ließ Staubfänger in Kartons fallen, und

bald sah es in den Regalen sehr übersichtlich aus. Kein Porzellanvögelchen weit und breit. Kein Väschen.

Kurz musste ich schlucken. Und Rudis Briefe? Ich hätte sie wenigstens noch mal lesen sollen. Er war ein netter Kerl. Und wissen Sie, so ein Tonbandgerät aus den sechziger Jahren hat doch heutzutage Seltenheitswert.

Man müsste es sich ins Regal stellen, neben die Väschen und Tässchen und Gläschen und Vögelchen, die ich alle wieder aus der Kiste holte.

Als ich am Ende dieses Tages Bilanz zog, war zu vermerken, dass ich mich von einer Plastiktanne getrennt hatte und ansonsten einen Spiegel kaputt gemacht, viele Dinge in Kisten gepackt und wieder herausgeholt hatte.

Außerdem hatte ich mir beim Herumschieben des Sofas die Schulter verrenkt. So viel zum Thema Gesundheit und Erfolg.

In der »Reichtumsecke« des Wohnzimmers steht trotzdem noch die Zimmerpflanze, und ich warte seitdem auf die sechs Richtigen. Vielleicht sollte ich nicht immerzu vergessen, den Lottoschein abzugeben.

Wie dem auch sei, mit Feng Shui darf man es nicht übertreiben. Die Chinesen haben schließlich eine ganz andere Mentalität als wir. Vielleicht schreibe ich demnächst ein Feng-Shui-Buch »für europäische Sammler und andere Leute ohne Urvertrauen«?

15

Wenn Regentage lustig enden

Letzte Woche schlichen drei gelangweilte Kinder durch die Wohnung. Denn draußen nieselte es.

»Meine Güte«, sagte ich zum elften Mal, »spielt doch einfach mal was. Euer Kinderzimmer ist voller Spielsachen, und ihr hängt hier rum.« So etwas sagen Mütter oft. Überhaupt ist es erstaunlich, dass sie eigentlich dieselben Sätze immer wieder sagen.

»Räum auf!« »Nimm den Finger aus der Nase!«, oder »Setz nicht immer das Badezimmer unter Wasser, wenn ich gerade telefoniere!«

Dass ich meine Kinder an diesem vernieselten Nachmittag auf ihre Spielsachen aufmerksam machte, war ungefähr das Gleiche, als hätte ich in den Himmel geschrien: »Hör auf zu regnen!« Es wurde nicht einmal auf mich reagiert. Sanne gähnte, Samuel raufte sich mit Max, und schätzungsweise zehn Kilogramm Playmobilmännchen warteten ungespielt auf ihren Einsatz.

»Fernsehen«, winselte Max und sah mich flehend an.

»Nichts da!«, rief ich entschlossen. »Ihr geht jetzt spielen, sonst werfe ich das ganze Zeug aus dem Fenster!«

»Toll!« Die Augen der Jungs begannen zu leuchten. Es war wohl nicht die richtige Aussage gewesen.

»Als ich so alt war wie ihr ...«, fing ich wieder an und sah, wie Sanne die Augen verdrehte. Sätze, die so beginnen, sind wohl pädagogisch nicht gerade der Reißer. Trotzdem sprach ich weiter.

»... habe ich Stunden mit meiner Strickliesl zugebracht.«

»Strick-was?«, fragte Sanne und bedachte mich mit einem alarmierten Blick.

»Das war so ein Püppchen aus Holz«, schwärmte ich, »und man musste einen Wollfaden um eine Art Krone auf ihrem Kopf schlingen, und irgendwann kam aus ihrem Loch unten ein langer Wurm aus Wolle heraus.«

»Ist ja ekelhaft!«, schrie Sanne.

Samuel grinste breit »Wie? Aus ihrem ... LOCH kam ein ... Wurm?«

Auch Mäxchen interessierte sich brennend für die Körperöffnungen der Strickliesl.

»Geht jetzt spielen, dann dürft ihr nachher fernsehen!«, rief ich ungehalten, denn das wirkt immer. Sofort waren alle Kinder verschwunden.

»Loch-Liesl mit Wurm«, hörte ich Samuel noch kichern, dann fiel die Kinderzimmertür zu – und auf einmal herrschte Ruhe. So ruhig war es, dass es mir verdächtig erscheinen musste. Tat es aber nicht, denn gerade diese Ruhe bewirkte, dass ich ein Nickerchen machte. Als ich wieder erwachte, eilte ich sofort zu den Kindern.

»Wir spielen ›verreisen‹«, wurde ich aufgeklärt.

In der Mitte des Zimmers lag ein hoher Berg von verschiedensten Dingen: Bettwäsche, eine umgedrehte Legokiste, meine Pumps und einige Unterhosen meines Mannes.

»Seid ihr von allen guten Geistern verlassen?«, tobte ich los.

»Wir sollten doch spielen«, verteidigte sich Samuel.

»Aber nicht so!«, meckerte ich. »Das ist nicht spielen, das ist das reinste Chaos.«

»Dürfen wir jetzt fernsehen?«

Gerade wollte ich zu einer längeren Predigt ansetzen, da klingelte das Telefon. Sanne hechtete sich darauf. Es war meine Mutter.

»Du, Oma«, zwitscherte sie und schaltete den Lautsprecher ein, damit wir alle mithören konnten. »Wir spielen gerade ganz lieb ›verreisen‹, und Mama meckert über die Unordnung.«

»Na so was«, wunderte sich die liebende Großmutter. »Wo sie doch selbst als Kind am liebsten ›verkaufen‹ gespielt hat und einmal unseren halben Hausrat auf die Straße schleppte. Bevor ich eingreifen konnte, hatte sie bereits meine gute Meißen-Vase für eine Mark und fünfzig verkauft.«

Die Augen meiner Kinder wurden tellergroß.

»Stimmt nicht!«, rief ich nervös dazwischen. »Ich habe die Vase für zwei Mark verkauft, und außerdem ... habe ich am liebsten mit der Strickliesl gespielt. Das weiß ich ganz genau.«

»Die Strickliesl«, lachte meine Mutter, und ihre Stimme klang ein wenig dumpf durch das Telefon. »Hahaha. Du hast nie kapiert, wie die funktioniert, und dann hast du sie immer zu dem Hund von den Nachbarn geworfen, bis er sie zerbissen hat. Weißt du das nicht mehr? Hasso hieß der.«

Im Kinderzimmer herrschte Stille.

»Hmpf«, machte ich verlegen.

»Und dann hast du mal das Menschärgere-Dich-nicht!-Spiel aus dem dritten Stock geschmissen und ...«

»Genug!«, rief ich, denn meine mütterliche Würde stand auf dem Spiel. Wenig später beendete ich dies unerfreuliche Telefonat.

»Wir wollen nicht mehr fernsehen«, sagte Samuel plötzlich.

»Genau«, stimmte ihm Sanne zu. »Wir wollen, dass du uns von früher erzählst.«

Das habe ich dann auch getan, und mir ist tatsächlich wieder eingefallen, dass ich die Strickliesl eigentlich ziemlich blöd gefunden hatte und dass ich einmal einen Beutel Brausepulver in Tante Ernas Wasserglas gekippt hatte, in dem ihr Gebiss lag.

Meine Kinder sehen mich nun mit anderen Augen. Und ich sie auch!

16

Ich bin eigentlich sehr kreativ – oder?

Manch einer malt Sonnenuntergänge, ein anderer baut am Strand Sandburgen, und wieder ein anderer hält sich schon für kreativ, wenn er die Spülmaschine mal anders einräumt.

Jedem das seine! Ich wollte auch mal kreativ sein und beschloss, (den Anweisungen einer Zeitschrift folgend) einen netten Herbstkranz aus Hagebutten herzustellen

Meine Kinder wollten natürlich dabei sein, und emsig rupften wir wenig später im Stadtpark die Hagebuttensträucher kahl. Ich fühlte mich ausgesprochen naturverbunden, bis Samuel in einen Hundehaufen trat.

»Tanken Sie Herbstfarben für den Winter!«, so hatte es im Heft gestanden. Von Braun in kindlicher Profilsohle war keine Rede. Wir gingen schnell nach Hause, um den Schuh zu reinigen und endlich mit der Bastelei zu beginnen.

Die Anleitung bestand aus mehreren nummerierten Arbeitsschritten und vielen Fotos für die ganz Dummen. Als ob es so schwierig wäre, einen läppischen Kranz zu winden. Das haben unsere Vorfahren doch jeden Tag getan.

Ich las den Kindern vor: »Als Grundlage lassen Sie einen einfachen Mooskranz entstehen. Dafür binden Sie etwas Moos mit Blumendraht auf den Drahtring und …«

»Ja doch!«, unterbrach mich Mäxchen und griff beherzt in die Kiste mit den Moosbrocken.

Auch Samuel umwickelte bereits behutsam einen Klumpen mit Draht. Wie hübsch das aussah: meine bastelnden Herbstkinder.

Warum hatte ich nie zuvor Kränze mit ihnen gewunden? Es beruhigt so ungemein, sich mit Naturmateralien zu befassen. In diesem Moment fiel Mäxchen der erste Moosbrocken wieder vom Blumendraht.

»Das hält nicht«, beschwerte er sich.

»Stimmt«, meckerte Sanne. »Wir machen das besser mit Pattex!« So viel zum Thema Naturmaterialien.

»Ihr müsst Geduld haben«, sagte ich sanft, und dann fiel mir auch so ein blöder Moosbrocken auseinander.

»Hach!«, machte ich genervt.

»Siehste!«, schrie Mäxchen.

»Wir lassen die Moosgrundlage einfach weg«, beschloss Sanne. »Und wurschteln die Hagebutten gleich auf den Draht. Das geht auch schneller.«

»Und wie soll das halten?«, fragte ich gereizt, ihren letzten Satz überhörend.

»Keine Ahnung«, antwortete Sanne achselzuckend.

»Wir hämmern die drauf«, erklärte mir Samuel.

»Ja!«, rief Mäxchen begeistert. »Mit dem Presslufthammer!«

»Nein, nein«, sagte ich hastig. »Wir könnten den Draht durch die einzelnen Hagebutten piken und das Ganze dann um den unbemoosten Ring winden.«

»Hä?«, machte Samuel, der schon seinen kleinen Plastikhammer bereithielt. »Versteh' ich nicht.«

»Dürfen wir jetzt spielen gehen?«, fragte Sanne flehend.

»Nein!«, rief ich und stellte fest, dass es gar nicht so einfach ist, Hagebutten mit dünnem Draht zu durchstoßen.

Von Beruhigung konnte keine Rede mehr sein, die Naturmaterialien machten mich zunehmend nervös. Wir hatten inzwischen längst bei Arbeitsschritt Nummer vier ankommen müssen, wo ein fröhlicher Hobby-Florist einen Kranz hoch hielt, in den nur noch einige Brombeeren zu stecken waren.

Von wegen Hobby-Florist, der ist ein eiskalter Profi, durchfuhr es mich verbittert, und kurz darauf durchfuhr mich noch etwas anderes, nämlich ein stechender Schmerz. Ich hatte mir die scharfe Spitze des Blumendrahtes in die Daumenkuppe gerammt. Ein Tropfen Blut landete mitten auf dem Tisch.

»Ich mag nicht mehr basteln«, heulte Mäxchen entsetzt auf.

»Das ist ja lebensgefährlich«, murmelte Sanne.

Mit Blick auf den Drahtring, an dem zwei durchstoßene Hagebutten hingen, die aussahen, als litten sie auch Schmerzen, musste ich ihr Recht geben.

»Weißt du, Mama«, fuhr Sanne fort. »Ich habe in einer Zeitschrift mal etwas Hübsches gesehen ...«

»Hör mir auf damit«, unterbrach ich sie frustriert. »Ich kaufe einfach einen netten Kranz aus Kunststoff.«

»Gute Idee«, lobte mich Mäxchen und bearbeitete mit dem Plastikhammer den Küchentisch. »Dürfen wir jetzt fernsehen?«

»Wir könnten die Hagebutten vielleicht doch ankleben?«, überlegte ich laut und lutschte niedergeschlagen am verletzten Daumen.

»Ich weiß was Besseres«, widersprach Sante sanft. »Hast du noch die große Glasschale von Tante Lisbeth?«

Ja, die hatte ich noch! Wir füllten Wasser in die Schale, und dann ließen wir die roten Hagebutten darin treiben und grüne Schwimmkerzen. Auf dem Grund der Schale lagen Muscheln von der Ostsee und Murmeln. Sanne versenkte sogar noch ein kleines Plastikkrokodil, die Jungs ließen ein Playmobilschiffchen auf Grund laufen, und ich will Ihnen was verraten: DAS war wirklich originell! Besser als so ein langweiliger Beerenkranz.

17

Die Lebkuchen-Mafia ist da …

Ist es Ihnen auch schon aufgefallen? Neben den letzten Tuben Sonnenmilch Faktor 30 liegen schon wieder Marzipankartoffeln und Spekulatius in den Regalen der Supermärkte …

Und jedes Jahr aufs Neue versuche ich, diese ganzen Weihnachtssüßigkeiten zu ignorieren. Was ziemlich schwierig ist, wenn man sich mit drei Kindern in einem Supermarkt befindet, der gleich im Eingangsbereich Pfeffernüsse und Adventskalender liegen hat.

»Mama!«, rufen die Kinder. »Bald ist Weihnachten! Wir wollen Dominosteine essen!« Das war Anfang September. Inzwischen ist es zwar Oktober geworden, und ich bin hart geblieben, aber es fällt mir zunehmend schwerer. So ein winziges Marzipankartöffelchen würde keinem schaden, und zu Weihnachten wären die ganzen Sachen doch bestimmt nicht mehr frisch. Jedenfalls nicht so frisch wie im Oktober.

»Fürchterlich, was?«, spricht mich eine Frau an, die wohl beobachtet hat, wie grimmig ich die Marzipankartoffeltüten anstarre. Dabei versuche ich doch bloß, all meine Kräfte zu mobilisieren, um mich nicht verführen zu lassen.

»Was vermitteln wir den Kindern für Werte«, zetert die Frau weiter, während mir das Wasser im Munde zusammenläuft, denn ich habe hübsche kleine Schokoladenweihnachtsmänner entdeckt. Aus weißer Schokolade. Die esse ich doch so gern.

»Konsum, immer nur Konsum«, sagt die Frau kopfschüttelnd. »Kaufen, kaufen. Und wer mag dann zur Adventszeit noch Christstollen essen?«

»Das ist überhaupt die Idee«, denke ich. »So ein nettes Stückchen Stollen zum Nachmittagskaffee. Und zwar heute.« Ich räuspere mich, denn meine Kinder stehen um mich herum und sehen mich fragend an. »Genau«, pflichte ich der Frau bei. »Ich finde das auch unmöglich. Man wird förmlich bedrängt von all diesem Weihnachtskram, den noch gar keiner will!«

»Wir sollten Unterschriften sammeln und an den Verbraucherschutz schicken!«, ruft die Frau kämpferisch. »Jawohl!«, erwidere ich und schiebe dann meinen Wagen hastig weiter zum Gemüse. Die Kinder folgen mir.

»Warum darf man nicht Lebkuchenherzen essen, wann man will?«, fragt mich Samuel, und er guckt dabei ganz unschuldig aus der Wäsche.

»Weil diese Sachen traditionell zu Weihnachten gegessen werden und nicht schon Monate vorher«, antworte ich und verachte mich ein klein wenig für meine Heuchelei.

Mein Sohn hat Recht: Jeder kann ja wohl essen, was er mag und wann er will. Wo kämen wir denn da hin! Verbraucherschutz, die spinnt wohl …

Ich bremse den Einkaufswagen ab, schmeiße zwei Salatgurken hinein und denke sehnsuchtsvoll an die Krokanteier, die ich eben noch gesehen habe.

Aber was ist mit den Werten, die ich meinen Kindern vermitteln will? Muss man immer gleich alles kaufen, nur weil es da ist? Gibt es nicht eine jahrhundertealte Weihnachtstradition aufrechtzuerhalten, gerade in diesen schnelllebigen Zeiten?

Und liegt es nicht in meiner mütterlichen Verantwortung, darauf zu achten, dass ... Da kommt die Verbraucherschützerin um die Ecke gebogen. In ihrem Einkaufswagen befinden sich drei Flaschen Glühwein und eine Tüte Marzipankartoffeln. Das ist ja wohl der Gipfel! Ich fühle mich betrogen.

»Was ist mit der Unterschriftensammlung?«, rufe ich zu ihr hinüber, aber sie lenkt hastig nach rechts und verschwindet zwischen Kohlköpfen und Apfelsinenbergen.

»Siehste!«, meckert Sanne. »Jeder kann machen, was er will.«

»Ja, WILLST du denn jetzt schon Weihnachtssachen essen? Und zu Weihnachten wird dir das alles aus den Ohren herauskommen«, erwidere ich und frage mich stumm dasselbe.

Möchte ich wirklich im sonnigen Oktober an Weihnachtsmännern herumknabbern?

Wenn sie aus weißer Schokolade sind, dann gern, meldet sich sofort mein niederer Instinkt zu Wort, der wohl noch nie was von der Redewendung »Alles zu seiner Zeit« gehört hat.

»Na ja«, antwortet Sanne, und dann grübelt sie eine Weile.

Meine Söhne sind offensichtlich stärker von niederen Instinkten beherrscht als ihre Schwester (ich muss gerade reden) und haben keine Probleme damit.

»Klaro«, ruft Samuel.

Und Mäxchen bestätigt: »Ich WILL auf jeden Fall jetzt schon Weihnachtssachen essen!«

Das habe ich nun von meiner Fragerei. Ich bin drauf und dran, tatsächlich einen Beschwerdebrief an den Verbraucherschutz zu schreiben, weil ich nämlich mitten im Supermarkt mit meinen drei Kindern Grundsatzdiskussionen zu führen habe, statt einfach ein bisschen Salat und Joghurt einzukaufen.

Nicht zu vergessen: die inneren Kämpfe mit meinem eigenen Schweinehund, der insgeheim gierig nach Mandelspekulatius lechzt.

»Die haben hier aber Lebkuchenherzen mit Vollmilchschokolade«, sagt Sanne, die offensichtlich fertig nachgedacht hat.

»Nein!«, rufe ich begeistert, denn ich liebe nichts so sehr wie Lebkuchenherzen mit Vollmilchschokolade. Noch viel mehr als weiße Schokoladenweihnachtsmänner.

Na ja, wie soll ich es Ihnen erklären? Ich habe dem Konsumrausch, den niederen Instinkten und dem Schweinehund in mir gleichzeitig nachgegeben und eine (wirklich nur eine einzige!) Tüte mit Vollmilchschokoladen-Lebukuchenherzchen gekauft.

Die haben wir dann gemeinsam in milder Oktobersonne auf dem Balkon verspeist und uns richtig doll auf Weihnachten gefreut.

18

»Maaamaaa, ein Haustier!«

Bei uns wird nicht mehr in ganzen Sätzen gesprochen, wenn es um dieses Thema geht. »Maaamaaa, ein Haustier!«, rufen die Kinder, so oft der Tag es erlaubt, und manchmal auch öfter.

Und meine Antwort lautet jedes Mal kurz und knapp: »Nein!« Vor dem Supermarkt sitzt nervtötend kläffend ein dicker Pudel. »Ist der süüüß!«, ruft Sanne wie auf Knopfdruck. Und dann kommen die drei Worte von oben. »Nein!«, sage ich laut, und nein sage ich auch unter dem Elefantentor des Berliner Zoos, was aber überhaupt nichts hilft. Selbst vor dem Großkatzengehege wispert Samuel »Mama, ein Haustier.«

Mit der Zeit ist es gekommen, wie es immer kommt: Ich bin mürbe geworden von diesen drei Worten meiner drei Kinder, weil ich mich endlich, endlich, endlich wieder in Berlins Straßen fortbewegen wollte, ohne immerfort »Nein« sagen zu müssen. So hielt Hannibal seinen Einzug, ein Goldhamster.

Die Kinder waren so glücklich, dass ich mich ein klein wenig schämte. Was ist schon dran an solch einem kleinen Nagetierchen? Man kann es streicheln und dabei zusehen, wie es Gurkenscheiben knabbert, ansonsten schläft es viel und macht nachts jede Menge Getöse in einem Laufrad. Leider muss man auch seinen Käfig säubern. »Das machen wir schon«, erklärte Samuel. Und dann stritt er sich mit seinem Bruder Max darum, wer die Tüte mit den Sägespänen öffnen und wer Hannibal aus dem Käfig heben durfte. Die Angelegenheit endete damit, dass Hannibal unter den Schrank flüchtete und jede Menge Hamsterkot und Sägespäne auf dem Fußboden landeten.

Da Hamster bekanntlich tagsüber schlafen, sieht man von ihnen nicht viel. So lag Hannibal meistens in seinem Häuschen, und manchmal beneidete ich ihn für so viel Müßiggang. Aber eines Tages war es vorbei damit, und ich schwöre, dass ich unschuldig war.

Hannibal hatte wohl zu tief geschlafen und war nicht mehr aufgewacht. Zum Glück waren die Kinder in der Schule, und als ich Hannibal leblos in seinem Käfig vorfand, eilte ich natürlich zum Tierarzt, in der Hoffnung, er könnte ihn wiederbeleben. Konnte er aber nicht. Hannibal war mausetot, die Tierarztrechnung für diese einfache Erkenntnis erstaunlich hoch, und voller Panik fand ich mich mit einem gestorbenen Hamster auf der Straße wieder. Und wusste nicht, wie ich es den Kindern sagen sollte.

Doch dann tat ich das, was wahrscheinlich jede Mutter schon einmal für das Seelenheil ihrer Sprösslinge getan hat: Klammheimlich habe ich einen neuen Hamster gekauft. Glücklicherweise sehen ja alle gleich aus. Fand ich. Samuel fand das nicht. »Merkwürdig«, murmelte er wenig später mit Blick auf Hannibal 2, der missmutig auf einem halben Apfel saß. »Hannibal hat ja auf einmal vier rosa Pfötchen.« »Ach«, gab ich mich belustigt, »wie viele hatte er denn vorher?« »Es waren schon immer vier«, lautete die Antwort. »Aber eins war dunkler.« Fieberhaft begann ich nachzudenken. »Vielleicht war das eine schmutzig, und er hat es sich heute früh sauber geleckt?«, schlug ich halbherzig vor und erntete dafür skeptische Blicke aus drei Augenpaaren.

»Und wieso isst er den Apfel nicht?«, forschte Mäxchen weiter. »Hannibal liebt Apfel.« Wie es mit Lügen so ist, folgt immer eine nach, bis man sich darin verstrickt. »Hannibal hatte heute schon einen Apfel«, stammelte ich. »Und er guckt ganz anders«, rief Sanne. »Seine Augen sind viel dunkler!«

»Er wird müde sein vom nächtlichen Herumgerenne. Stellt euch mal vor, ihr müsstet die ganze Nacht in einem Laufrad …« »Mama!«, unterbrach mich Sanne alarmiert. »O.k., o.k.«, sagte ich und hob beide Hände. »Es tut mir Leid, aber Hannibal ist gestorben, und das hier ist ein Kumpel von ihm.«

Nun war es heraus, und ein großes Wehklagen setzte ein. Hannibal 1, der noch in einem kleinen Pappsarg in meiner Handtasche ruhte, wurde mit viel Pomp im Stadtpark beerdigt, Hannibal 2 erhielt einen eigenen Namen, nämlich »Schnuffi«, und ich wünschte ihm ein langes Leben. Leider leben Hamster nicht sehr lange, und nach einem halben Jahr verstarb auch Schnuffi. Diesmal sagte ich gleich die Wahrheit. Schnuffi fand seine letzte Ruhe neben Hannibal unter einem Haselnussstrauch, und nach einer kurzen Trauerphase ging es wieder los: »Maaamaaa, ein Haustier!« Ich hatte aber keine Lust mehr auf weitere Hamsterbestattungen und Sägespäne auf dem Teppich. »Dann ein Pferd«, schlug Sanne mit unschuldigem Augenaufschlag vor.

»Oder wenigstens ein Krokodil«, fiel ihr Samuel ins Wort. »Wie wäre es mit einem Hund?«, hörte ich mich fragen, woraufhin es allen drei Kindern die Sprache verschlug.

Darf ich vorstellen? »Lucky« heißt er und ist eine lustige Promenadenmischung aus dem Tierheim. Hunde haben den Vorteil, dass sie nachts schlafen, sehr lange leben und bestimmt viel Stoff für weitere Geschichten bieten. Und außerdem ist »Lucky« einfach der beste Hund auf der Welt.

19

Die beste zukünftige Schwiegermutter

Es gibt dieses ganz besondere Verhältnis zwischen Mutter und Sohn, welches, wie ein zartes Band in frühesten Jahren geknüpft, ein Leben lang hält.

Ja. Ich weiß, wovon ich rede, denn ich habe zwei Söhne, und ich habe eine Schwiegermutter, die wiederum ein ganz besonderes, nicht gerade zartes Band zwischen sich und ihrem Sohn (meinem liebsten Ehemann, Robert!) geknüpft hat.

»Robert verträgt keine Nüsse«, ermahnt sie mich mit alarmiertem Blick, als ich gut gelaunt einen Nusskuchen auf den Tisch stelle. »Das wäre mir neu«, gebe ich lässig zurück, doch wie auf Knopfdruck beginnt der Sohn meiner Schwiegermutter zu husten. »Siehst du«, sagt sie und schaut mich triumphierend an. »Er ist allergisch.«

Roberts Lieblingskuchen ist Nusskuchen, und zwar der aus der Fertigpackung von Dr. Oetker. Das weiß ich genau, denn einen anderen kann ich gar nicht backen. Davon abgesehen habe ich besagten Dr.-Oetker-Kuchen noch nicht einmal angeschnitten, und Robert soll bereits allergisch reagieren?

»Sei nicht albern«, zische ich ihn an. »Wir sind seit über zehn Jahren verheiratet, in dieser Zeit hast du Dutzende dieser Nusskuchen verdrückt, ohne auch nur mit der Wimper zu zucken, und auf einmal ...« Robert prustet mit rotem Gesicht in seine Serviette. Seine Mutter klopft ihm mitfühlend auf den Rücken, was bei einer vermeintlichen Nussallergie ja nun auch nicht gerade hilfreich wäre. Ich frage mich, was hier gerade abläuft. Irgendein unverarbeitetes, tiefenpsychologisches Kindheitstrauma scheint Robert, den Nusshasser, zu beuteln.

»Wollt ihr Kuchen?«, frage ich meine Jungs. »Lieber Kekse«, antwortet Samuel und blickt fasziniert zu seinem Vater. »Ich auch«, kräht Max. »Wir vertragen nämlich keine Nüsse!«

»Ich werde euch in dreißig Jahren daran erinnern«, meckere ich, und dann esse ich mit Sanne, meiner zuverlässigen Tochter, so viel Kuchen, bis mir schlecht ist.

Die Herren am Tisch knabbern trockene Kekse, die Schwiegermutter tut es auch und sieht dabei sehr zufrieden aus. Ich fühle mich verraten. Beim vierten Stück Kuchen schwöre ich mir, dass ich nie – nie – niemals eine nervtötende, besserwisserische Schwiegermutter sein werde. Schließlich sind meine Söhne bis dahin erwachsen.

Nur, dass sie sich leicht erkälten, besonders Max. Das sollte seine Frau dann schon wissen, und dass er immer sehr schnell kuriert ist, wenn man ihm Hühnersuppe kocht und ein wenig Kiefernadelöl aufs Kopfkissen träufelt.

Und Samuels Frau muss darüber informiert werden, dass er im Winter immer einen Schal um den Hals tragen muss, sonst kriegt er eine Mandelentzündung. Meine Söhne sind höchst sensible Geschöpfe, das werden sie auch in Zukunft noch sein, und ihre Frauen sollten ebenfalls ... Aber halt! Jetzt bin ich es, die über den halb aufgegessenen Nusskuchen hustet.

Was tue ich nur? Ich bin auf dem besten Weg, eine noch unerträglichere Schwiegermutter zu werden, als die, die mir kekskrümelnd gegenübersitzt und gerade befindet, dass meine Fenster mal wieder geputzt werden sollten.

Am nächsten Tag höre ich unfreiwillig ein Kleine-Jungen-Gespräch mit an, das mir mal wieder beweist, dass tatsächlich etwas dran ist an dem Mutter-Sohn-Band. »Meine Mama macht die besten Hot Dogs«, erklärt der kleine Joschka gerade meinen Söhnen.

»Dafür kann meine Mama Nusskuchen backen!«, ruft Samuel empört. (»Genau«, denke ich. Auch wenn es nur der von Dr. Oetker ist, aber den kann ich wirklich richtig gut.)

»Pah!«, mischt sich ein kleines, blondes Mädchen ein. »Meine Mama trägt immer hohe Schuhe, und eure Mamas laufen nur in Turnschuhen rum.« (»Jetzt aber, Jungs«, denke ich. »Verteidigt uns! Wer ist diese kleine Ziege überhaupt?«)

»Aber meine Mama«, ertönt unverkennbar die Stimme von Mäxchen, meine Mama hat einen größeren Busen.« Hinter dem Kastanienbaum, wo ich mich versteckt halte, muss ich grinsen. »Gar nicht«, wütet Joschka.

»Doch«, kreischt Mäxchen, denn es geht offensichtlich um meine Ehre.

»Und den größten Po hat sie auch!«

Moment mal, vielleicht sollte ich langsam hinter dem Baum vorkommen, falls mein großer Po nicht bereits links und rechts vom Stamm hervorquillt und mich verraten hat.

Doch Mäxchen ist noch nicht fertig. »Und der Po fühlt sich schön weich an, wie ein Wackelpudding!«, hat er triumphierend das laute letzte Wort. Einige Eltern blicken sich schon um. Hochrot komme ich hervor. »Siehste!«, schreien meine Söhne, und fluchtartig verlasse ich mit ihnen den Kindergarten.

»Wer war denn dieses freche kleine Mädchen?«, frage ich an der nächsten Ecke. »Das ist Laura«, antworten meine Söhne wie aus einem Mund. »Die ist toll, die wollen wir mal heiraten!« »Na, wunderbar«, denke ich verzweifelt.

Aber dann nehme ich meine Söhne links und rechts an die Hand, lasse alle Schwiegertöchter der Welt Schwiegertöchter sein, und nehme mir vor, in Zukunft weniger Nusskuchen zu essen. Denn die beste Mama mit dem dicksten Po möchte ich nun wirklich nicht sein.

20

Wenn der Sandmann streikt

Als wäre es das Schlimmste auf der Welt, so stellen sich meine Kinder an, wenn sie zu Bett gehen sollen. Ich verstehe das überhaupt nicht …

Wenn mir ein molliges Bettchen angeboten wird, dann schlupfe ich begeistert in den Flauschpyjama, greife zum Buch und sinke selig in die Federn. Am liebsten an verregneten Nachmittagen. Aber da wollen meine Kinder dann in Gummistiefeln durch den Park waten und Regenwürmer beobachten, und ich muss wohl oder übel mit. Und ins Bett wollen sie selbst nach solch einem überaus anstrengenden Tagesprogramm immer noch nicht.

»Was ist los mit euch?«, frage ich gähnend am Abendbrottisch. Samuel rührt konzentriert mit seinem Löffel im Suppenteller. »Aaa, Ooo, T – T – T«, macht er lautstark, denn es gibt Buchstabensuppe.

»Iss jetzt«, sage ich matt zum dreiundneunzigsten Mal. »Da steht Mumu auf meinem Tellerrand«, erfreut sich Sanne. »Was soll denn das sein?«, fragt Max, der noch nicht lesen kann und schlechte Laune hat. Er wünscht sich von der Suppennudelproduktion zur Abwechslung mal ein paar Hartweizengries-Dinosaurier oder wenigstens Nudeln in Form von Mini-Schwertern. »Ritternudeln«, so ganz unter uns, sind DIE Marktlücke. Manch eine Nudelfirma wäre nach einem Vierteljahr steinreich. Aber das nur am Rande.

»Mumu ist der Name einer Kuh«, erklärt Sanne und rührt eifrig in der Suppe, anstatt sie zu essen. Ich denke sehnsuchtsvoll an das schöne Buch auf meinem Nachttisch, das auch voller Buchstaben ist. Und an meinen Flauschpyjama denke ich auch. Und dann muss ich wieder gähnen.

»Kinder, es ist schon nach acht«, murmele ich. »Ihr müsst ins Bett.«

»Bett! Da steht es ja«, ruft Samuel und starrt in seinen Teller. »B – E – T«

»Es fehlt ein T«, sagt Sanne, die allwissende große Schwester. »Ich gebe dir das T«, ruft Mäxchen und fischt ein Z aus seiner Suppe. Andächtig fummelt er es auf den Tellerrand seines Bruders. »Das ist aber kein T«, sagt Samuel. »Doch«, meckert Max.

»Nein!«

»Essen!«, rufe ich dazwischen.

»Doch! Es ist ein verzaubertes T«, kreischt Max, als hätte ich nichts gesagt.

»Na schön«, lenkt Samuel friedfertig ein und biegt an der schlaffen Nudel herum. »B – E – T – Z steht da jetzt.«

»Sehr richtig«, greife ich den Faden auf. »Und genau da sollt ihr jetzt hin.«

»Ins Betz?«, kichert Sanne. Ich stöhne. »Darf ich mehr Suppe haben?«, fragt Samuel. »Dein Teller ist doch noch voll«, erwidere ich. »Aber ich habe keine Bs mehr, und ich wollte BUS schreiben«, erhitzt sich mein Sohn putzmunter.

»Schreib doch PUPS«, freut sich Mäxchen. »Au jaaaaa!« Der Küchentisch wackelt. Drei Kinder suchen in ihren Tellern mit Suppe nach Ps, denn ein U und ein S kleben ja bereits an Samuels Tellerrand. »Ich habe eins«, ruft Sanne und klatscht einen Löffel voll Suppe auf die Tischdecke.

Was hat sich der Buchstabennudel-Erfinder bloß dabei gedacht? »Ihr esst jetzt eure Suppe!«, schreie ich. »›Pups‹, da steht es!«, freut sich Samuel. Es wird viel gekichert. Nur ich gähne. Es ist bald halb neun. Ich starre mit schweren Lidern in die Suppenschüssel, sehe ein S aus der Tiefe leuchten, ein Y auf einer Möhrenscheibe vorübertreiben, und plötzlich leuchtet das Wort »Super-Nanny« im Topf auf. Oder träume ich bereits? Auf jeden Fall könnte ich die jetzt gut gebrauchen.

»Ihr geht jetzt ins Betz, äh, Bett«, sage ich resolut. »Wir haben aber noch Hunger«, quengelt Sanne. Dieses Argument zieht immer. Denn wer würde seine Kinder schon hungrig ins Bett stecken? Wer? Ich! Wenn es noch lange so weitergeht. »Ich gebe euch fünf Minuten«, sage ich mit kalter Stimme. So kalt wie die Buchstabensuppe in den verschmierten Tellern meiner Kinder.

»Wir wollen aber noch den Sandmann sehen«, sagt Max, obwohl er den überhaupt nicht leiden kann. Er würde jetzt sogar Nachrichten sehen wollen, wenn die nicht längst schon gelaufen wären.

»Außerdem müssen wir noch Zähne putzen«, erklärt mir Sanne freundlich und friemelt schon wieder Buchstaben vom Löffel.

Meine Nerven! An diesem Abend werden sie mal wieder nicht geschont, nicht mehr und nicht weniger als sonst. Sanne starrt in ihren Teller, als könnte sie dort unsere Zukunft lesen.

»Mama ist müde«, ruft sie triumphierend. »Steht da!« Und Samuel starrt in seinen Teller und sagt mit ernster Stimme. »Und bei mir steht: ›Die Kinder sind auch müde und gehen jetzt schlafen.‹«

Ich unterbreche meinen Gähnanfall, der mich von weiterem Schimpfen abgehalten hat. »Steht das da wirklich?«, frage ich erstaunt. »Ja«, antwortet Mäxchen, der wohl gerade das Lesen erlernt hat. »Und hier steht noch was …«

Voller Leidenschaft rührt er im Teller, dass die Suppe nur so spritzt. »Hier steht ›Gute Nacht!‹«

Ich sollte den Kindern am Abend wohl öfter Buchstabensuppe vorsetzen. Denn Lesen macht müde. Gute Nacht.

21

Wofür man Männer nicht braucht ...

Mit Männern kann man spazieren gehen, sie bitten, den DVD-Rekorder anzuschließen, oder sie um ihre Meinung fragen ...

All das könnte ich, neben einigen anderen Dingen, bestens mit meinem Mann anfangen. Wo ich ihn allerdings überhaupt nicht brauche, ist beim Einkaufen.

Ich meine nicht den Einkauf im Supermarkt, wobei es auch hier nicht immer reibungslos abläuft. Kleines Beispiel: »Robert, sei doch so nett und hole einen Becher Sahne – nein, Robert, das ist saure Sahne, ich brauche aber süße – ja, Robert, ich weiß, dass das da nicht draufsteht, aber ich weiß, dass es drin ist – bitte, Robert, mach es doch nicht so kompliziert, das ist Schmand, ich brauche aber Sahne – nein, Robert, Crème fraiche ist nicht ganz dasselbe wie Sahne – AAAAAaaaaaah, Robert, du machst mich wahnsinnig!« So oder ähnlich läuft es ab, wenn mein Mann mich hilfreich unterstützen möchte.

Neulich kam es noch schlimmer: Ich wollte mir im Kaufhaus einen neuen Wintermantel kaufen. Und weil Robert frei hatte und sich zu Hause langweilte, beschloss er mitzukommen.

»Das wird dir keinen Spaß machen«, versuchte ich, ihn abzuwimmeln, aber er war schon aus der Tür geeilt. »Ich bin der ideale Einkaufsberater«, rief er lachend, und mir fiel wieder der Becher Sahne ein, aber ich sagte nichts.

Wenig später erreichten wir das Kaufhaus. Im Erdgeschoss gab es herabgesetzte Pullover, hübsch sahen die aus. Interessiert hob ich einen hoch.

»Mäntel im vierten Stock«, informierte mich Robert überaus hilfreich.

»Moment«, entgegnete ich abwesend, denn ich musste mich konzentrieren. Sollte ich lieber einen fliederfarbenen Pulli nehmen oder einen roten, doch halt! Da drüben gab es geringelte Strickjacken. So eine Jacke wollte ich schon immer haben.

»Es steht da hinten auf dem Schild«, fuhr Robert fort und folgte mir irritiert. »Damenmäntel vierter Stock.«

»Ja doch.« Diese Ringeljacken waren wundervoll. Leider etwas teuer und nicht im Preis reduziert, aber ... Robert zog mich am Arm. »Du wolltest doch einen Mantel kaufen.«

»Das weiß ich«, antwortete ich etwas ungehalten.

»Warum verlierst du dann Zeit bei diesen Jacken?«

»Ich verliere keine Zeit«, erklärte ich meinem Mann. »Ich gucke sie mir nur an.«

»Wozu? Wenn du doch einen Mantel kaufen wolltest.« Ich holte tief Luft. »Ich gucke ja nur!«, rief ich.

»Soll ich schon mal vorgehen, um die Mantelsituation für dich auszuloten?«, bot mir Robert an. »Das wäre nett«, antwortete ich und drehte mich wieder zu den Jacken. Reine Wolle, herrliches Material, aber nicht einfach zu waschen. »Was schwebt dir so vor?«, hörte ich wieder die Stimme meines Mannes.

»Was?«

»Na, welche Farbe magst du? Und wie lang sollte er sein?« Mit ernster Miene sah mir Robert in die Augen. »Weißt du«, seufzte ich. »Ich komme besser mit.« Wir stiegen auf die Rolltreppe und erreichten den ersten Stock.

Da fiel mir ein, dass ich dringend einen neuen BH bräuchte. Wo ich schon mal hier war.

»Halt!«, rief Robert streng. »Wir müssen in den vierten Stock.«

Ich ignorierte ihn einfach, hoffte sogar, ihn zwischen Miederhöschen und Seidenstrümpfen abzuhängen, aber leider gelang es mir nicht.

»Renn doch nicht so!«, meckerte er hinter mir und hätte beinahe eine Plastikbüste in schwarzem Spitzen-BH umgeworfen. »Verzeihung, meine Dame«, hörte ich ihn murmeln, dann flüchtete ich mich zu den Morgenröcken. Wenig später hatte mich Robert eingeholt.

»Ich brauche einen BH«, sagte ich mit kalter Stimme. »Davon weiß ich nichts«, erwiderte Robert irritiert.

»Macht ja nichts«, tröstete ich. »Du bleibst einfach hier und wartest kurz.«

»Nein, nein, ich bin ja mitgekommen, um dir zu helfen. Was für einen BH brauchst du denn?« Voller Begeisterung hielt er den nächstbesten in die Höhe. »Diesen? Der sieht nett aus.«

»Robert«, sagte ich schwach. »Das ist ein Still-BH!«

»Wieso?«, fragte er irritiert und sah sich das Modell in Übergröße an, das mir zu prallsten Stillzeiten nicht gepasst hätte.

»Weil man den vorderen Teil herunterklappen kann«, erklärte ich und fühlte mich einer Nervenkrise nah. »Ich will aber keine Vorderteile mehr herunterklappen!«

»Warum eigentlich?«, murmelte Robert und betrachtete verträumt den BH.

»Das wäre doch mal wieder nett.«

»Schluss jetzt!«, rief ich entnervt. »Ich will keinen Wintermantel mehr, ich will eine Ringeljacke und einen weißen BH. Du gehst jetzt im sechsten Stock einen Kaffee trinken, und ich komme in einer halben Stunde nach!«

So haben wir es dann gemacht. In meiner Einkaufstüte hatte ich dann zwar weder Mantel noch Ringeljacke, sondern ein tolles Strickkleid, und der BH war nicht weiß, sondern lila ausgefallen. Aber was machte das schon? Robert musste es ja nicht verstehen.

22

Wir sind eine Krachmacher-Familie

Meistens klopft das Leben ungefragt an die Tür, um etwas auf die Schwelle zu legen. Mal ist es ein neuer Job, mal ein Baby, mal ein gequälter Nachbar, eine knatschige Schwiegermutter …

Was auch immer da vor der Lebenstür liegt, man muss es annehmen, sonst stolpert man darüber. Nebenbei bemerkt: Über die knatschige Schwiegermutter stolpere ich trotz aller philosophischer Anstrengungen immer wieder. Im übertragenen Sinne natürlich.

»Wieso habt ihr jetzt einen Hund? Hast du Langeweile?«, fragte sie neulich, während ich einen kleinen Hundepipi-See vom Fußboden schrubbte.

Ich konnte nicht antworten, denn Lucky stürzte sich gerade kläffend zur Haustür. Ich eilte hinterher, um lautstark »Pfui!« und »Aus!« und »Bist du jetzt endlich still!« zu rufen, was alles nicht half.

Gebellt, gerufen, geschimpft, geschrien wird überhaupt sehr viel in unserem Haus. Ich möchte nicht mein eigener Nachbar sein.

Herr Schulz aus dem dritten Stock hat mir neulich ein paar Broschüren in den Briefkasten gesteckt. »Kanada – das Land der Ruhe« hatte darauf gestanden, und sehr viele Wälder und Seen waren abgebildet gewesen. Ich vermute, er wollte uns zum Auswandern ermutigen. Aber wir bleiben! Und bemühen uns darum, etwas leiser zu sein, was nicht einfach ist, weil wir so zahlreich und temperamentvoll sind.

»Macht doch mal den Fernseher leiser!«, kreische ich ins Wohnzimmer.

»Waaas?«, rufen drei schrille Kinderstimmen gegen das Getöse eines Zeichentrickmonsters an.

»Leiser!«, schreie ich, Lucky bellt ein paar freundliche Hundeworte, das Telefon klingelt, und Mäxchen bekommt einen Lachkrampf, weil ein außerirdisches Monster mit seinem Raumschiff gegen den Eiffelturm geprallt ist, was auch nicht gerade lautlos über die Bühne geht.

Und in solch einem Moment kommt meistens Herr Schulz an unserer Wohnungstür vorbei und muss annehmen, wir wären alle wahnsinnig geworden.

Er grüßt mich nicht mehr. Vielleicht hat er Angst, ich würde ihn anschreien. Vielleicht ist er zu sehr damit beschäftigt, seine eigene Auswanderung vorzubereiten und träumt von einer netten, kleinen Blockhütte in den Wäldern Kanadas, fernab der Wekwerths.

In der Weihnachtszeit bietet es sich natürlich an, mit allen zwischenmenschlichen Problemen einmal gründlich aufzuräumen. Die Schwiegermutter hob ich mir für später auf, aber Herrn Schulz nahm ich mir vor.

Ich bereitete ein Päckchen mit selbst gebackenen Plätzchen vor und schlich mich eines Nachmittags die Treppe nach oben, um es ihm vor die Tür zu legen. Leise, ganz leise.

Doch kurz darauf hörte ich die Stimme meines Jüngsten im Hausflur widerhallen: »Maaaaamaaaaa! Bist du da ooooooben?« »Schschsch«, zischte ich wie eine Viper, in der Hoffnung, dass es leise, aber warnend klingen würde. Klang es wohl nicht, denn Lucky begann ein besonders eindrucksvolles Bellkonzert, und dann hörte ich ihn die Treppe hinaufgaloppieren, gefolgt von zwei jubelnden, kleinen Jungs.

»Ich komme ja gleich wieder!«, schrie ich genervt. Leider stand ich da bereits vor der Tür von Herrn Schulz, die just in dem Augenblick aufging, als Lucky winselnd um mich herumsprang und die Jungs riefen: »Wieso bringst du dem ollen Meckerkopp überhaupt unsere leckeren Kekse?« und Sanne von unten herauf kreischte: »Huuuhuu, wo seid ihr denn alle gebliiieben?«

Etwas müde sah Herr Schulz aus. Wahrscheinlich hatte er gerade sein Mittagsschläfchen gehalten und von Kanada geträumt.

»Sie wünschen?«, fragte er matt in den Tumult. »Ich bringe Ihnen nur diese Kekse, weil wir doch immer so laut sind!«, schrie ich ihn an, während Lucky unternehmungslustig kläffend in die fremde Wohnung geschossen war, Jagd auf weitere Weltraummonster zu machen.

»Wie bitte?«, rief Herr Schulz und fasste sich ans Ohr. »Sie müssen lauter sprechen, ich bin schwerhörig.«

Wir hatten dann noch einen netten Nachmittag bei Herrn Schulz, mit dem wir die Kekse aufaßen und uns freundlich über den Kaffeetisch hinweg anschrien.

»Sie müssen öfter kommen«, krakeelte er zum Abschied. »Es ist mir manchmal viel zu still hier oben.«

»Aber gern«, brüllte ich zurück: »Kommen Sie doch mal zu uns, da ist es alles andere als still.«

Das hat er dann auch getan und gar nicht mitbekommen, dass sich Mäxchen und Samuel lautstark im Kinderzimmer stritten und Sanne mit ihren Freundinnen eine Karaoke-Party veranstaltete, die Lucky mit feuerwehrartigem Geheul begleitet hat.

Das Leben hat uns einen richtig netten Nachbarn auf die Schwelle gelegt, und von Kanada ist keine Rede mehr.

23

Weihnachten kommt immer so plötzlich

Jedes Jahr werde ich davon überrascht. War nicht eben noch Sommer? Und auf einmal muss ich wieder Plätzchen backen.

Und auf den Blockflötenkonzerten meiner Kinder gute Miene zum schrägen Spiel machen. Und für heimelige Weihnachtsdeko sorgen. Hier ein sympathischer Elch, dort ein freundlicher Weihnachtsmann, Lichterketten ins Fenster gehängt, nebenbei Geschenke eingekauft und klammheimlich verpackt. Und wissen Sie was? Das stresst mich zunehmend.

»Wir bitten um kreative Bastelideen«, steht auf einem Zettel, den mir die nicht minder gestresste Kindergärtnerin von Mäxchen in die Hand drückt. »Welche Mama kocht für uns Marmelade?«, fragt die Klassenlehrerin von Samuel, und alle blicken zu Boden. Ich am längsten.

»Wir brauchen noch einen Weihnachtsmann«, steht am schwarzen Brett vom Fußballverein der Jungs. Und ich will mal wieder verreisen.

»Wir möchten Plätzchen backen!«, sagen die Kinder am Nachmittag und gucken wie drei himmlische Botschafter. So rein und unschuldig. Vielleicht steckt ja auch ein tieferer Sinn dahinter, wenn die Menschheit in der Vorweihnachtszeit wie besessen Plätzchen backt und sich blinkende Lichter ins Fenster hängt? Vielleicht ist es mein mütterliches Schicksal? Auf jeden Fall habe ich an diesem Nachmittag mit den Kindern einen Teig zubereitet, ihn ausgerollt, Sternchenformen hineingestochen – und dann fünfundsiebzig

Zimtsterne anbrennen lassen weil ich ein Stück Knete aus Samuels Flöte pulen musste, und die Lichterkette im Wohnzimmer einen Kurzschluss verursacht hatte. Schon wieder waren drei Viertelstunden meines Lebens vergangen, in denen Zimtsterne zu Kohlesternen geworden waren.

»Vielleicht kann man sie golden anmalen und an den Baum hängen?«, wagte ich einen letzten Versuch, mich kreativ durchzumogeln. »Neiiin!«, heulten drei himmlische Botschafter sauer auf. »Ich backe jetzt nicht noch einmal Plätzchen!«, protestierte ich und öffnete das Küchenfenster, um die Rauchschwaden rauszulassen.

»Bu-hu-hu«, erklang es heiser und hustend, und ich wusste, dass ich mal wieder keine Chance haben würde. Drei Kinder gegen eine weihnachtsgenervte Mutter sind einfach zu viel.

Aber mit einem Hauch Logik könnte ich es noch einmal probieren. »Wir haben keine Eier mehr!«, trumpfte ich auf. »Und draußen gießt es.« »Egal«, erwiderte Sanne und griff beherzt zum Rührgerät. Mit entschlossener Miene ließ sie ihn aufjaulen. Da ich keine Kraft mehr hatte, noch länger gegen drei backwütige Kinder anzureden, verließ ich die verräucherte Küche und dekorierte ein Weilchen am Esstisch herum, streute rote und goldene Herzchen auf die weiße Tischdecke und drapierte einige Tannenzweige um Kerzen herum. Doch plötzlich horchte ich auf. Das Rührgerät in der Küche lief immer noch auf Hochtouren. Irgendwie hatte ich mich an das nett surrende Geräusch und das Kindergekicher gewöhnt, aber nun raste ich alarmiert in die Küche zurück.

Die Kinder waren dabei, einen weiteren Plätzchenteig zuzubereiten. Und als ich sah, was da alles auf und unter dem Küchentisch herumlag, wurde mir schwindelig. Büchsen mit Sauerkraut, Bananenschalen, Kokosflocken.

Der alljährliche Weihnachtskoller drohte, mich zu übermannen. »Nein!«, rief ich entsetzt. »Doch!«, sagte Sanne froh und strahlte mich an. »Wir sind schon fertig mit dem Ausstechen.« Ich warf einen misstrauischen Blick aufs Backblech. »Ist das Salami?«, wollte ich wissen und deutete auf undefinierbare dunkelrosafarbene

Bröckchen im Teig. »Das ist eine Packung Mon Chérie. Du weißt schon, die mit der Kirsche«, antwortete Samuel altklug.

»Unsere Kreation nennt sich ›beschwipster Dschungelkönig‹«, erklärte mir Mäxchen. Und als ich nur ratlos guckte, fuhr er ungeduldig fort: »Wegen der Bananen und der Kokosflocken und den Mon Chéries, Mensch!« Ich nickte beeindruckt. »Und was hat das alles mit Weihnachten zu tun?«, wollte ich wissen, während die beschwipsten Dschungelkönige im Ofen eine hübsche hellbraune Farbe annahmen. »Gar nichts!«, lautete die weise Antwort. »Man muss es ja nicht übertreiben.«

Genau! Meine Kinder haben Recht.

Es müssen ja nicht immer Tannenzapfen und Engelchen sein. Und nicht in jedem Keks muss ein halbes Kilo Zimt stecken, nur damit man ja nicht vergisst, dass es weihnachtet. Beschwipste Dschungelkönige sind genau das Richtige für die Adventszeit. Sie schmecken nach Piemontkirschen, Sonnenuntergängen und Südsee-Inseln. Genau dorthin würde ich jetzt gerne reisen. Und glauben Sie mir: Ich würde keine einzige Kugel in die Palmwedel hängen. Aber leider kann ich ja nicht weg. Der Fußballverein braucht noch einen Weihnachtsmann, es muss Marmelade gekocht werden und ein paar kreative Bastelideen habe ich noch im Kindergarten abzuliefern.

Und bestimmt möchten meine Kinder bald wieder Plätzchen mit mir backen. Am liebsten Engelchen und Sterne mit ganz viel Puderzucker und Zimt Und das ist ja eigentlich auch ganz schön. In diesem Sinne wünsche ich Ihnen schöne Feiertage. Und lassen Sie sich bloß nicht stressen.

24

Kann man Männer überhaupt kritisieren?

Meinen Mann nicht, was ausschließlich daran liegt, dass es da nichts zu kritisieren gibt – findet er …

Für eine berechtigte Kritik bin ich immer offen«, sagt er und lächelt mich nachsichtig an. Ich finde, es hat durchaus seine Berechtigung, wenn ich meinem Mann ganz, ganz vorsichtig mitteile, dass ich es nicht gut finde, dass er immer sein nasses Handtuch auf dem Badezimmerboden hinterlässt. Sozusagen als kleines Souvenir für mich, wenn er dann frisch geduscht das Haus verlässt.

»Du, Robert«, beginne ich zaghaft mit sanfter Stimme, denn Sie müssen wissen: Männer sind das sensiblere Geschlecht, wenn es darum geht, ihnen zu sagen, dass sie mal etwas nicht ganz so berauschend toll hinbekommen haben. »Du, Robert, wie wär's, wenn du mal dein Handtuch nach dem Duschen aufhängst?«

Das klingt doch ganz harmlos, finden Sie nicht? Ich habe nicht gesagt: »Robert, du Ferkel, heb deinen Mist alleine auf!« Dennoch verzieht Robert schmerzvoll das Gesicht. »Dass du immer so kleinlich sein musst«, knurrt er in seine Kaffeetasse. Wir sitzen gerade beim Frühstück. Was soll ich jetzt erwidern? Meine Laune sinkt.

»Ich bin nicht kleinlich!«, rufe ich beleidigt. »Du bist unordentlich. Wenn wir alle unsere nassen Handtücher rumliegen lassen würden, wären es fünf, ein ganzer Haufen sozusagen. Und wer räumt das weg? Ich, immer ich!« Hui, jetzt habe ich mich ganz schön ins Zeug gelegt. Das mögen Männer am Sonntagmorgen schon gar nicht.

»Nun sei doch nicht so ungemütlich«, erwidert er, dann gibt er sich wieder demonstrativ gelassen. Grinsend beißt er ins Brötchen und sagt mit vollem Mund zu den Kindern: »Mama hat morgens schlechte Laune.«

»Nein, hat sie nicht«, kreische ich, obwohl es stimmt. »Ich habe nur keine Lust, die Putzfrau für dich zu spielen. Alles, was ich von dir erwarte, ist, dass du dein Handtuch nach dem Duschen aufhängst!«

»Ja, ja«, sagt er und verdreht die Augen. »Warum, bist du immer sofort beleidigt?«, frage ich.

»Bin ich ja gar nicht«, antwortet er und sieht dabei dermaßen beleidigt aus, dass gleich die Butter auf dem Tisch ranzig wird. »Ich will nur nicht beschimpft werden, nur weil mal ein Handtuch vom Haken gefallen ist.«

»Ha!«, mache ich etwas zu laut. »Papa lässt sein Handtuch immer liegen«, mischt sich Samuel ein und fängt sich von seinem Vater einen bösen Blick ein. »Und bin ich deswegen ein schlechterer Mensch?«, schmollt Robert. »Du gibst es also zu?«, frage ich.

Robert erhebt sich mit der Anmut eines römischen Kaisers und schreitet schweigend aus der Küche. Nun ist der schöne Sonntag gelaufen, nur weil mein Mann keine Kritik verträgt. Uns Frauen wird ja so allerlei an den Kopf geworfen: »Tanja, die Suppe schmeckt ein bisschen zu sehr nach Knoblauch, Tanja, wieso musst du eigentlich immer irgendeine Geschichte schreiben? Tanja, dieser Rock macht dir einen dicken Hintern. Oder hast du einen, hahahahahahaaaa?«

Haha! Aber als ich Robert neulich ganz, ganz freundlich sagte: »Dein Hemd spannt ein wenig«, da sah er aus, als wollte er sofort zum Scheidungsrichter laufen. Er zog den Bauch ein und rief: »Das ist dir in der Wäsche eingelaufen.« Und nachdem er ein neues Bücherregal an die Wohnzimmerwand geschraubt hatte, das so schief hing, dass alle Bücher in Schräglage gerieten, und ich auch noch wagte, ihn darauf hinzuweisen, da brach für ihn eine Welt zusammen.

»Die Wasserwaage muss kaputt sein«, verteidigte er sich, und dann fand er es eigentlich ganz »chic« und »modern«, dieses schiefe Regal

– und mich mal wieder ausgesprochen »undankbar« und »mäkelig«. Wenn es Sie nun interessiert, wie unser Streit am Sonntagmorgen ausgegangen ist, kann ich Ihnen versichern: Robert hat sein Handtuch nicht aufgehoben, dafür hat sich seine sensible Männerseele aber zum Glück recht schnell wieder erholt.

Ich habe ihm nämlich gesagt; wie überaus fantasievoll und effektiv er die Spülmaschine eingeräumt hat, und wie dankbar ich ihm bin, für die wundervollen Kinder, die er gezeugt hat.

Da hat er so glücklich ausgesehen, dass ich vermutete, er hätte seine Zeugungskraft wahrscheinlich gern ein weiteres Mal unter Beweis gestellt. Am liebsten sofort und auf der Stelle. Nichts motiviert einen Mann mehr, als ihm zu sagen, dass er ein ganzer Kerl ist. Ich versuchte es also mit einer List: »Ich habe gehört, dass Arnold Schwarzenegger ein sehr ordentlicher Mensch ist«, flötete ich ins Ohr des Allerbesten.

»Er soll sogar seine nassen Handtücher immer vom Fußboden aufheben.« Ein klein wenig plump hörte es sich schon an, das gebe ich offen zu, aber meistens fällt Männern so etwas ja gar nicht weiter auf. Robert lachte und zeigte mir einen Vogel. Offensichtlich war er aber noch so berauscht von der Tatsache, phantasievoll, effektiv und fruchtbar zu sein, dass er eine ganze Woche lang ein ordentliches Badezimmer hinterließ. Kleiner Tipp für die nächste Kritik an Ihrem allerliebsten Ehemann: Verpacken Sie sie hübsch!

25

Und? Wie feiern Sie dieses Jahr Silvester?

Im festlichen Ballsaal eines Schlosses? Mit Strass-Steinchen in der Hochsteckfrisur? Und werden Sie ein bodenlanges, rotes Abendkleid tragen?

Genau wie ich! Na, so ein Zufall. Gloria von Thurn und Taxis hatte mich zwar auch eingeladen, aber mir war nicht danach. Und nun: Spaß beiseite. Wie feiern Sie wirklich? Zu Hause auf dem Sofa? Oder raffen Sie sich auf und gehen irgendwohin? Dann sind Sie wirklich zu beneiden. Oder Sie haben keine Kinder und keinen lärmempfindlichen, kleinen Hund, der Lucky heißt. Oder Sie sind ein ganz anderer Typ als ich. Dann wird Sie diese Geschichte auch nicht besonders interessieren.

Ich hätte ja im Prinzip nichts gegen eine nette Party oder sogar einen Ball. Nur lädt mich keiner ein, und selbst wenn es einer täte, besteht immer noch die bedauerliche Tatsache, dass man in Berlin zu Silvester keinen Babysitter bekommt.

Das habe ich Gloria von Thurn und Taxis auch erklärt (haha!). Und deswegen sitze ich seit Jahren in der Silvesternacht mit meinen Kindern zu Hause, wir spielen »Mensch ärgere dich nicht« und trinken Kindersekt. Ich nicht, ich trinke echten. Und das war's dann. Außerdem werde ich zu Silvester auch immer so rührselig. »Schon wieder ein Jahr rum«, wiederhole ich alle Viertelstunde mit nachdenklichem Blick auf die Uhr und fühle mich wie eine alte Frau, die ich auch allmählich bin. Jedenfalls in der Silvesternacht.

Und damit man ja nicht vergisst, wie vergänglich dieses Dasein ist, wird um Mitternacht jede Menge Krach gemacht.

Sie sehen schon! Ich bin keine große Partylöwin, und mir fällt gerade auf, dass das vielleicht der Grund sein könnte, warum mich keiner einlädt …

»Mama, mach nicht so ein Gesicht und würfel«, erhielt ich im letzten Jahr den Befehl meines Sohnes Max, der vergnügt neben mir auf dem Sofa saß und gerade dabei war, meine gesamte grüne Mensch-ärgere-dich-nicht-Armee auszumerzen.

»Noch zwei Stunden, dann beginnt das neue Jahr«, seufzte ich und würfelte eine Eins. »Das ist ja nichts Neues«, bemerkte Sanne, und dann hatte sie gewonnen. Woher nehmen Kinder diesen Elan?

»Wollen wir schlafen gehen?«, fragte ich und ließ mich in die Rückenlehne fallen. Robert, der liebste Ehemann, sah mich missbilligend an. »Mit dir war aber auch mal mehr los.« Das konnte ich gut brauchen.

»Ich werde eben älter«, flüsterte ich niedergeschlagen und griff nach Lucky, um ihn heftig zu streicheln, was er aber nicht wollte.

»Wir werden Blei gießen«, beschloss Robert. »Jaaa«, schrien die Kinder begeistert, und wenig später hatten sie Adler, Weltkugeln, Skorpione und Ginkgoblätter in ihren erstarrten Portionen Blei entdeckt.

»Jetzt Mama!«, sagte Samuel und reichte mir die Kelle. Ich kippte etwas ins Wasser, was aussah wie ein … Wurm. »Es ist ein Bandwurm«, befand ich frustriert, und als hinter dem Fenster eine Rakete vorbeischoss, erschauderte ich. »Es ist ein Komma, Mama«, klärte mich Sanne auf.

»Na, toll«, murrte ich, »Ein Komma!« Sie nickte eifrig. »Weil du doch so viel schreibst. Und vielleicht will das Komma dir sagen, dass du im nächsten Jahr einen Bestseller schreibst.«

Kurz musste ich lächeln. Hm, das klang durchaus nett. Doch ein Blick auf die Uhr sagte mir, dass die Mitternacht naher rückte und damit ein weiteres Jahr zu Ende ging und ... und dann klingelte es an der Tür.

»Bestimmt irgendwelche Betrunkenen, die sich einen Witz erlauben«, sagte ich und gähnte.

Doch die Kinder waren schon losgerannt, Lucky kläffend hinterher, und was soll ich Ihnen sagen? Der liebste Ehemann hatte Freunde eingeladen. »Überraschung für die trübe Tasse!«, schrien sie. Damit meinten sie wohl mich, und dann warfen sie mit Papierschlangen und Konfetti.

Und soll ich Ihnen was verraten? Ich bin nämlich doch eine Party-Löwin. Um Mitternacht brüllte ich »Prost Neujahr!« vom Balkon und warf glücklich mit Knallerbsen um mich. Und dann tanzte ich bis in die Morgenstunden zu den Hits der Achtziger. »Besser als ›Mensch ärgere dich nicht‹ spielen!«, riefen die Kinder, und Lucky, der Familienhund, vergaß bei dem ganzen Trubel, wie geräuschempfindlich er eigentlich ist.

In diesem Jahr machen wir wieder eine Party, und zwar eine ganz besondere: die »Abba-Mania-Party«, und alle müssen so aussehen wie Agneta und Frida oder wie Benny und Björn. Das wird bestimmt sehr lustig. Vielleicht lade ich Gloria von Thurn und Taxis ein. Madonna hat auch schon zugesagt.

Und was machen Sie in diesem Jahr zu Silvester? Wenn Sie noch nichts vorhaben, dann kommen Sie doch bei mir vorbei. Und bringen Sie ruhig die Prinzessinnen von Monaco mit.

26

Was gibt es Schöneres als ausschlafen?

Das findet auch Robert, mein liebster Ehemann, und ich schlafe sowieso am liebsten. Leider sind meine lieben Kinder anderer Meinung.

Man könnte sie als notorische Morgenquäler bezeichnen oder als krankhaft morgenaktiv.

Stellen Sie sich folgende Situation vor: Es ist Sonntag früh. Sehr früh! So schätzungsweise sechs Uhr. Draußen ist es kalt und dunkel.

Sie liegen im Bett und sind unendlich froh, dass Sie nicht aufstehen müssen. Gerade wollen Sie weiterschlafen, denn der Traum vom weißen Sandstrand war gerade so schön, da ... knallt eine Tür. Es ist eine Kinderzimmertür.

Gekicher ertönt, jemand ruft: »Aaattacke, ich bin der weiße Ritter!«, und dann wissen Sie, dass es vorbei ist mit dem morgendlichen Frieden.

Schlaftrunken erhebe ich mich und schlurfe in den Flur. »He!«, rufe ich matt. »Seid leise. Ich will schlafen.«

»Wir spielen doch nur«, verteidigt sich Mäxchen, der weiße Ritter im Pyjama, und schwingt sein Holzschwert.

»Aber leiser«, mahne ich gähnend, dann verschwinde ich wieder im Schlafzimmer. Es ist ruhig. Ja! Man kann Kinder durchaus zu rücksichtsvollem Verhalten erziehen. Das kann gar nicht früh genug losgehen.

Nun ernte ich also die Früchte meiner konsequenten Erziehung, schließe selbstzufrieden die Augen und schlafe wieder ein.

Eine Palme wogt im Wind. Eine leichte Brise kommt vom Meer. Herrlich. Da trifft mich etwas am Kopf. Ob es eine Kokosnuss ist?

Ich öffne die Augen und blicke in die Gesichter meiner Söhne. Mäxchens Schwertspitze liegt auf meiner Stirn.

»Haa!«, rufe ich empört. Neben mir räkelt sich Robert und hört auf zu schnarchen.

Kurz frage ich mich, ob er vielleicht die Geräuschkulisse für meine sanfte Meeresbrise geboten hat, aber das ist jetzt auch egal, denn auf meiner Stirn liegt ein Holzschwert und von erzieherischen Früchten kann keine Rede mehr sein.

»Was soll denn das?«

»Ich schlage dich zur Ritterin«, erklärt mir Mäxchen.

»Und ich schlage dich auch gleich«, meckere ich. »Raus mit euch!«

»Phh«, macht Mäxchen beleidigt, und auch Samuel wendet sich ab. Ich habe mich nicht als würdig erwiesen. Nie wieder werden sie mich zur Ritterin schlagen wollen.

Mir soll es recht sein. Um halb sieben am Sonntag will ich schlafen. Das tue ich dann auch. Wieder geht die leichte Brise neben mir, nur unterbrochen von häufigem Türknallen. Tür auf, Tür zu. Tür auf, Tür zu.

Genervt öffne ich die Augen. Was ist jetzt wieder los?

»Mann, du Blödmann«, zetert ein großer Bruder, und der kleine scheint etwas zu werfen. Ich tippe auf Lego-Steine, denn es hört gar nicht wieder auf. Wutentbrannt springe ich aus den Federn.

»Ich möchte schlafen, und ihr macht einen Höllenkrach!«, rufe ich, beziehungsweise will ich rufen, doch vorher trete ich barfuß auf einen besonders fiesen Legostein, und falls Sie es nicht wissen sollten: Das tut ziemlich weh!

Die Jungs biegen sich vor Lachen. »Komm, Mama«, sagt Samuel versöhnlich. »Ich puste!«

»Und ich schlage dich noch schnell zur Ritterin«, verspricht Mäxchen tröstend.

Da liege ich also liebevoll umsorgt morgens um sieben Uhr in einem See bunter Legosteine.

Ein kleiner Junge ist dabei, lautstark auf meinen großen Zeh zu pusten, der andere fuchtelt mit seinem Schwert unter meiner Nase herum.

Es scheint ein feierlicher Moment zu sein. Könnte es mir besser gehen? Wohl kaum.

Wenig später humpele ich für einen letzten Versuch ins Bett zurück.

Robert lüpft kurz ein schweres Lid: »Was machst du für Krach?«, knurrt er. »Immer Tür auf, Tür zu. Leg dich endlich hin und schlaf!«

Na toll. Er hat die Situation mal wieder erfasst. Beleidigt falle ich in die Kissen und ... Sie werden es nicht glauben ... schlafe. Eine ganze Weile.

Bis es an der Tür klopft. Wie höflich. Es sind meine Kinder, diesmal alle drei, und sie balancieren ein großes Tablett vor sich her.

»Frühstück!«, wird gerufen und dann gibt es jede Menge verbrannten Toast und lauwarmen Kaffee.

»Wir haben für den Kaffee einfach heißes Wasser aus dem Hahn genommen«, erklärt mir Samuel stolz. Wir dürfen doch nicht einfach an den Wasserkocher.«

Wenn sie nur immer so gut hören würden, denke ich und beiße ins Toastbrot, dass es kracht und bröckelt.

Es ist halb zehn. Eine vernünftige Uhrzeit, zu der ich auch wieder ansprechbar bin.

So ein paar kleine Früchte hat meine Erziehung vielleicht doch gebildet? Sie sind zwar noch nicht so groß wie die Kokosnüsse aus meinen Träumen, aber sie können ja wachsen.

Alles was mir an diesem Morgen noch zum Glück fehlt ist ein heißer Kaffee.

Als ich aufstehen will, um mir einen zu kochen, springen meine Söhne sofort aus dein Bett und verneigen sich tief vor mir.

Dass dabei ein Marmeladentoast zu Boden geht (natürlich mit der klebrigen Seite nach unten), ist nicht von Bedeutung, denn mir fällt wieder ein, dass ich ja neuerdings Ritterin Tanja Wekwerth bin.

Gar nicht übel. Dann habe ich vielleicht am nächsten Sonntag eine reelle Chance auf ein ritterlich verdientes Ausschlafen.

27

Weinen macht manchmal Spaß!

»Heulsuse!«, so wurde ich schon im Kindergarten gerufen, und viel hat sich in den letzten 35 Jahren eigentlich nicht verändert. Ich habe immer noch nah am Wasser gebaut.

Und wenn mich die Rührung übermannt, hilft auch kein Zähnezusammenbeißen mehr, dann fließen Tränen.

»Nicht wieder weinen«, zischt mich meine Tochter gereizt an. Wir sitzen in der Grundschul-Aula. Mein Sohn Samuel wird gerade eingeschult, die Zweitklässler singen ein Lied. Um Freunde geht es darin, ums Leben und Lernen, und ich soll nicht weinen?

Ich bitte Sie! Natürlich weine ich, und zwar Rotz und Wasser. Meine Familie dreht sich peinlich berührt weg von mir, was mich nicht stört. Tränenüberströmt wische ich mir über die Augen, um wieder klar sehen zu können, wie mein großer, tapferer Junge da vorn steht, mit seinem schweren Ranzen auf dem Rücken und einer Sonnenblume in der Hand … da ist es ganz vorbei mit mir, und schluchzend vergrabe ich mein Gesicht im feuchten Tempotuch.

Ich muss auch weinen, wenn Meryl Streep von ihrer »Farm in Afrika« erzählt oder wenn in »Grüne Tomaten« gestorben wird. »Ist doch bloß ein Film«, sagt Robert, der liebste Ehemann, und tätschelt meinen Rücken, der zuckt und von Weinkrämpfen geschüttelt wird. Was Robert nicht verstehen kann ist, dass ich gar nicht getröstet werden möchte. Ich heule ganz gerne mal, und hinterher geht es mir immer bestens. Es ist wie ein Gang in die Sauna. Ich stoße jede Menge salzige Körperflüssigkeit aus, allerdings keinen Schweiß, das wäre mir zu anstrengend, und dann bin ich um einigen Stress und Frust erleichtert.

Wenn mich die Schwiegermutter mal wieder nervt, brauche ich am Abend nur »Magnolien aus Stahl« in den Videorekorder zu schieben, und eine Kleenexschachtel später bin ich geläutert. Etwas verquollen allerdings auch, aber das nehme ich in Kauf.

»Nicht wieder weinen«, bittet mich Mäxchen, bevor er ein Weihnachtsgedicht vorträgt. Ich nicke, doch meine Unterlippe zittert bereits verdächtig. Und weiter als »Komm nun wieder stille Zeit ...«, kommt Mäxchen gar nicht, weil sich meiner Mutterbrust ein Schluchzen entwindet, ohne dass ich es zurückhalten kann.

»Hach!«, macht Sanne und verdreht die Augen. Nur Lucky, unser Hund hält zu mir, springt auf meinen Schoß und leckt mir verständnisvoll die Tränen von den Wangen, was mich so sehr rührt, dass ich gleich weiterweine, den Hund an die Brust gepresst, bis es auch ihm zu viel wird und er sich mit einem Hechtsprung unters Sofa rettet. War ihm wohl auch alles viel zu salzig.

»Vielleicht solltest du mal zum Psychiater gehen«, murmelt Robert ratlos. Nun versiegt mein Tränenstrom sofort. »Frechheit«, rufe ich mit verstopfter Nase und schnauze mich energisch. »Ich bin eben ein sehr sensibler Mensch.« »Du bist eine Heulsuse«, meckert Mäxchen, und so schließt sich der Kreis.

Ich nehme mir vor, mich zu bessern.

Doch dann sehe ich im Fernsehen die »Wohnen-nach-Wunsch«-Sendung.

Sie wissen schon! In kürzester Zeit wird aus einer verwohnten Rumpelbude ein märchenhafter Wohntraum. Und als die dreiköpfige Familie ins neue Wohnzimmer tritt, da weinen Vater, Mutter, Kind – so schön ist es geworden, und wer fleißig mitweint, ist meine Person, obwohl ich mich so sehr bemüht habe, es nicht zu tun.

Im Werbeblock läuft ein altes Ehepaar Hand in Hand durch einen herbstlichen Garten. Ich weiß nicht, wofür sie werben, für eine Lebensversicherung? Für eine Maschine, die Laub zusammenbläst? Für einen Gebissreiniger?

Ich weiß nur, dass ich schon wieder heulen muss, weil es so ein schönes Bild ist: die zwei alten Leutchen im späten Herbst ihres Lebens, und die Blätter fallen wie Erinnerungen. »Ob Robert und ich in vielen Jahren auch mal so durch einen Garten gehen werden?«, frage ich mich und blinzle gerührt ins reißfeste Tempo.

»So ein Kitsch«, ertönt da die Stimme meines Liebsten. Dass er aber auch immer so ein gefühlloser Grobian sein muss! Ich habe ihn nur einmal vor dem Fernseher weinen sehen, da hatte Deutschland gerade die Fußballweltmeisterschaft verloren, und das hat nun wirklich nicht viel mit sensiblen Regungen der Seele zu tun.

»Mama«, sagte Sanne neulich. »Wenn ich mal heirate, dann heulst du aber leise, ja?«

Und allein die Vorstellung, dass mein Töchterchen mal ganz in Weiß, blutjung und bildschön, in einer mit Rosen geschmückten Kirche heiraten könnte, trieb mir auf der Stelle jede Menge Salzwasser in die Augen.

»Vergiss einfach, was ich eben gesagt habe, du Heulsuse«, stöhnte besagte Tochter und ließ mich mit laufender Nase stehen.

Ich bin eben eine Heulsuse, aber eine feinfühlige, zart besaitete, hochsensible Heulsuse. Sonst könnte ich auch gar nicht so viele Geschichten schreiben!

28

Wer ist denn da eifersüchtig?

Also, ich nicht. Ich bitte Sie! Warum sollte ich auch? Aber den liebsten Ehemann hat es neulich geplagt.

Neulich erhielt ich nämlich Post von … wie soll ich es formulieren? Von jemandem, den ich mal (vor vielen, vielen Jahren) ziemlich nett gefunden habe. Um nicht zu sagen, ich war Hals über Kopf verknallt in PETER.

Damals war ich sechzehn, wir küssten uns im Kino zur »Unendlichen Geschichte« (Ja, so lange ist das her!) und tranken Milch-Shakes auf dem Ku-Damm.

Unsere Geschichte war dann alles andere als unendlich, denn er küsste kurz darauf Karin mit der Zahnspange und brach mein Herz. Wie Sie sehen: eine reine Kinderei.

Das habe ich dann auch Robert, dem liebsten Ehemann, erklärt, der sich augenblicklich als Sizilianer entpuppte. »Und du willst dich mit dem treffen?«, fragte er zähneknirschend.

»Ja, klar«, sagte ich leichthin. »Wieso denn nicht?«

»Weil du verheiratet bist«, rief »Roberto« empört.

Da lachte ich glockenhell. »Aber das weiß ich doch«, erwiderte ich, und da wir nun mal nicht in Sizilien leben und Roberto nicht auf den Tisch schlagen und »Basta!« rufen konnte, traf ich mich am Sonntag auf eine Tasse Kaffee mit Peter. Ganz harmlos, die ganze Angelegenheit.

Peter hatte goldene Locken gehabt und grüne Augen. Er war ein sehr hübscher Junge gewesen, groß und schlank, wollte Medizin studieren und den Menschen in Afrika helfen.

Während ich wartend in dem Café saß und in meiner Tasse rührte, fiel mir alles wieder ein.

Gespannt behielt ich die Tür im Auge, nur dieser dicke Mann da vorn versperrte mir die Sicht. Langsam kam er auf mich zu, blieb vor meinem Tisch stehen, und erst an der Stimme erkannte ich ihn wieder.

»Tanja? Bist du das?«, fragte Peter und strich sich über die Glatze.

Ja, liebe Leserinnen: Manchmal sollte man sich einen sizilianischen Ehemann wünschen, der einem mit einem einzigen »Basta!« viele Unannehmlichkeiten erspart hätte. Nun saß ich also, weil ich es ja unbedingt gewollt hatte, einem schmerbäuchigen Glatzkopf gegenüber, der zu allem Überfluss ein orange kariertes Jackett trug und farblich darauf abgestimmte Turnschuhe.

»Fast hätte ich dich nicht erkannt«, sagte Peter und blinzelte übertrieben ungläubig.

»Na, du hast es nötig«, dachte ich. Dann bemerkte ich, dass seine Augen, die ich so grün in Erinnerung hatte, einfach nur braun waren.

»Peter!« gab ich mich munter. »Wie ist es dir ergangen? Hast du Medizin studiert? Bist du in Afrika gewesen?«

Schlürfend nahm Peter einen Schluck aus seiner Tasse. »Afrika?«, murmelte er irritiert. »Ich arbeite bei einer Versicherung. Aber wo du es gerade ansprichst: Ich hätte da eine supergünstige Gelegenheit. Hast du eigentlich schon eine Lebensversicherung abgeschlossen?«

Ich seufzte. »Du wolltest doch den Menschen helfen.«

Peter lachte laut auf. »Das tue ich jeden Tag. Es gibt da ein Versicherungspaket, das hilft wirklich jedem. Also, wenn du Interesse hast, dann könnte ich …«

»Nein danke«, sagte ich unterkühlt und fragte mich, was ich hier eigentlich tat.

»Und du?«, fragte Peter. »Du wolltest doch Sängerin werden. Was ist daraus geworden?«

Sängerin? Ich? Der verwechselte mich wohl mit Karin! Ich schüttelte den Kopf.

»Ja, ja«, sagte Peter mitfühlend.

»Manche Träume muss man wohl irgendwann beerdigen.«

»Ich muss gar nichts beerdigen«, widersprach ich und schielte verstohlen auf die Uhr. »Ich wollte niemals Sängerin werden. Ich kann ja überhaupt nicht singen.«

»Doch!«, rief er, als wüsste er es besser. »Du hattest sogar eine Gitarre und hast immer »Streets of London« in der U-Bahn gesungen.«

Ich dachte scharf nach. Ich hatte tatsächlich mal eine Gitarre. Aber »Streets of London«?

»Du hast es vergessen!«, rief Peter.

»Und du hast eine Glatze«, wollte ich erwidern, verkniff es mir aber.

»Weißt du noch, wie wir uns die ›Unendliche Geschichte‹ angesehen haben?«, versuchte ich die Konversation am Leben zu erhalten.

»Das war vielleicht ein blöder Film«, schnaufte er.

»Ich fand den toll!«, rief ich bockig und wollte auf der Stelle nach Hause. Zum Glück sah ich, wie Peter gerade auf seine Uhr blickte. »Tja«, machte er. »So vergeht die Zeit.«

»Tja, ja«, erwiderte ich sinnigerweise. »Da kann man nichts machen.« Und dann fiel uns beiden nichts mehr ein.

Nachdem wir uns gegenseitig versichert hatten, wie nett dieses Treffen gewesen war und dass wir uns bald mit dazugehörigen Ehepartnern und Kindern wiedersehen wollten, ging Peter, das einstmals blond gelockte Liebesglück meiner Jugend, hinaus auf die Straße, und ich wusste, dass ich ihn nie wiedersehen würde.

In diesem Moment bog Roberto, mein heißblütiger Ehemann, um die Ecke, stieß mit Peter zusammen, entschuldigte sich und kam dann an meinen Tisch.

»Wo ist er denn nun?«, fragte er und tat ganz ruhig.

»Ach«, sagte ich und lächelte Robert zufrieden an. »Er ist gar nicht gekommen.« Und in gewisser Weise war das auch die Wahrheit.

29

Putzteufel gegen Staubengel

Staub hat die lästige Angewohnheit, sich in Ecken anzuhäufen und sich sofort auf frisch gewischten Oberflächen niederzulassen. Jedenfalls tut er das in meiner Wohnung.

Und deswegen halte ich mich mit dem Staubwischen zurück. Es bringt ja doch nichts. Wenn ich mit der Pronto-Sprühflasche und dem karierten Läppchen auf die Pirsch gehe, lacht sich der Staub in den Ecken bereits krumm und schief, und sobald ich dem sauber gewischten Glastisch den Rücken drehe, rieselt klammheimlich eine ganz gemeine Staubdecke hernieder. Ich habe genug davon. Also übe ich mich in Missachtung der Staubmäuse- und -schichten, und was es da noch so alles gibt.

»Prima«, freuen sich die Kinder, »hier kann man was raufmalen.« Und dann schreiben sie mit ihren Zeigefingern unerfreuliche Worte auf den Beistelltisch, oder malen Blumen auf den Bildschirm des Fernsehers.

Ich glaube an die Existenz eines schützenden Staubengels. Schon während der Putzarbeit hält er mir die große, absurde Sinnlosigkeit meines Tuns vor Augen.

»Geh doch lieber ein wenig spazieren«, raunt er mir ins Ohr, »oder lies ein Buch. Das wäre zweckmäßiger.« Er meint es gut mit mir und dem Staub. Und wie um seine Worte zu bestätigen, fliegt im nächsten Augenblick die Wohnungstür auf, und meine drei Kinder galoppieren mit modderigen Schuhen über den eben erst von mir gesaugten Teppich. Putzen ist einfach eine frustrierende Arbeit.

Das findet der Putzteufel, der sich zuweilen in Gestalt meiner Schwiegermutter präsentiert, nicht. »Was für ein Saustall!«, schimpft er (oder sie?). »Und deine Gardiiinen, Kind. Das ist ja nicht mehr feierlich!«

Für meine Schwiegermutter ist der Hausputz ein Ritual der inneren und äußeren Reinigung. Wie in Trance wienert sie an Türklinken herum und poliert Spülbecken aus Edelstahl und Klingelschilder aus Messing. Ich bevorzuge andere Rituale. Kaffee trinken und mit Freundinnen schwätzen zum Beispiel. Davon wird zwar das Klo nicht sauber, aber es macht mehr Spaß. Die Putzteufelin, die in meiner Schwiegermutter steckt, kann das nicht verstehen. Ich habe sie in Verdacht, dass es ihr wirklich Freude macht, sich mit sagrotangetränktem Glitzi-Schwamm über grau angelaufene Waschbecken herzumachen.

»Schuhe aus!«, ruft sie den Kindern als Begrüßung entgegen, und »Hände waschen!« lautet der nächste Befehl. Dann erst dürfen sich die Kinder dem klinisch reinen Wohnzimmer nähern. »Siehst du«, sagt die Schwiegermutter zufrieden. »Auch die Kinder erfreuen sich an Reinlichkeit.«

Eigentlich sehen sie nicht so aus, denn sie wagen kaum, sich zu rühren, und eine Staubschicht zum Reinmalen existiert auch nicht mehr.

Ich habe mein Bestes gegeben, schließlich – ganz unter uns – habe auch ich einmal mein Klingelschild poliert. Hinterher befand sich jede Menge weißer Politurpaste im großen W, und ich bekam eine Gänsehaut wenn jemand klingelte, weil ich mir die fettigen Fingerabdrücke auf dem golden schimmernden Messing vorstellte. Da wäre ich doch beinahe in die Fänge des Putzteufels geraten!

»Noch nicht aufs Sofa setzen!«, schrie ich meine Gäste an, nachdem ich sie an der Haustür gezwungen hatte, ihre Schuhe auszuziehen.

Ich wollte noch ihre Socken kontrollieren. Schließlich hatte ich gerade eben erst gesaugt. Als unserem langjährigen Freund Martin ein Krümel seiner Salzstange auf den Boden fiel – vielleicht war es auch nur ein Salzkorn gewesen? – da stürzte ich mich darauf, um

es mit vorwurfsvoller Miene in den Mülleimer zu tragen und mit einem Wischlappen wiederzukommen.

Nachdenklich beobachtete Martin mein vom Putzteufel besessenes Treiben und ging kurz darauf nach Hause. Das hat mir dann sehr Leid getan. Zu viel Putzen macht einsam. Und deswegen bin ich seit diesem denkwürdigen Tag mit dem Staubengel verbündet, der sowieso viel mehr Spaß versteht. Das Frühstücksgeschirr steht noch am Mittag auf dem Tisch? In den Schubladen geht es drunter und drüber? Zahnpastaspritzer leuchten auf dem Badezimmerspiegel?

Na und? Darüber kann der Staubengel nur lachen. Und ich auch. In der kostbaren, gesparten Zeit habe ich nämlich viel Kaffee mit meinen Freundinnen getrunken und anschließend mit den Kindern auf dem Fußboden gepuzzelt.

Die eine oder andere Staubmaus hat uns dabei zugesehen, und so hatten wir alle zusammen viel Spaß. Man sollte um dieses Thema auch nicht zu viel Staub aufwirbeln. Der lässt sich dann doch wieder bloß auf Glastischen nieder. Und sehen Sie: Anstatt die Politurpaste aus dem W am Klingelschild zu pulen, habe ich diese nette Geschichte geschrieben. Haben wir nicht alle mehr davon gehabt?

30

Kleine Jungs sind die Männer von morgen

Oder aber von übermorgen. Auf jeden Fall sollte man ihnen früh genug beibringen, dass sich Mülleimer und Spülmaschinen nicht von allein leeren.

Dieser interessanten Meinung scheint nämlich ihr Vater, mein liebster Ehemann, zu sein. Er glaubt auch, dass gekochte Speisen im Kühlschrank nachwachsen.

»Mach dir doch nicht so viel Mühe«, sagt er amüsiert, während ich mit der heißen Pfanne hantiere. »Wir werden schon was Nettes im Kühlschrank finden.«

»Ha!«, schnaufe ich erhitzt und zerfetze in meiner Frustration das Gelbe des Spiegeleis. »Dann stell doch schon mal ein paar Zwiebeln auf den Tisch.«

Doch bevor ich mich weiterärgern kann, ist Robert schon wieder aus der Küche geschwebt, schließlich hat er wichtige Dinge zu tun und kann seine Zeit nicht mit unsinnigen Diskussionen am Herd vergeuden. Oder er weiß nicht, wo der Kühlschrank steht.

Damit nun meine Söhne Samuel und Max eines Tages etwas brauchbarer durch ihren zukünftigen Alltag kommen, werden sie jetzt schon in fast alle Bereiche des Haushalts eingewiesen. Mit diesem schönen Satz könnte die Geschichte enden, aber ehrlich gesagt fängt sie gerade erst an.

Denn kleine Jungs haben überhaupt keine Lust auf Haushaltspflichten, und oftmals können sie sich nur schwer daran erinnern, wo die Spülmaschine steht. An die Lage des Kühlschranks besinnen sie sich meistens, weil dort nämlich auch die Fruchtzwerge stehen, aber ansonsten führen sie sich auf wie zwei junge Grafen, die mit dem Umgang von Personal bestens vertraut sind.

Meine Tochter ist übrigens auch nicht viel besser. Sie ist Prinzessin Sanne auf der Erbse. Vorpubertär geschüttelt schaut sie mich voller Verachtung an, wenn ich freundlich auf den überquellenden Mülleimer deute. »Iiimmer iiich!«, quietscht sie gequält, und fast tut es mir schon leid. Aber nur fast.

Letzte Woche hatte ich genug von all diesen unwissenden Leuten um mich herum.

»Teller in die Spüle!«, lautete mein knapper Befehl. Und alle sahen mich sprachlos an.

»Ich habe noch Hunger«, protestiert Mäxchen und macht so große, erschrockene Augen, dass ich schon wieder ein schlechtes Gewissen bekomme.

Meine armen Kinder sind noch beim Essen, und ich markiere den Hausdrachen. Also bekommt mein hungriger kleiner Sohn die dritte Portion Spaghetti mit Soße aufgehäuft, in der er recht unhungrig herumrührt.

»Mit dem Essen spielt man nicht«, höre ich mich zum fünftrillionsten Mal in meinem Leben sagen.

Und während Samuel seinen Löffel rhythmisch gegen sein Glas schlägt (welches gleich umkippen wird) und Sanne im Stuhl hängt und sich recht unelegant am Kopf kratzt, verfalle ich in mütterlich deprimiertes Brüten.

Warum muss ich immer alles so oft sagen, warum hört keiner auf mich, warum sieht keiner, dass ich völlig überarbeitet bin, warum, oh, warum nur ist … In diesem Augenblick fällt das bereits erwähnte Glas um und reißt mich aus meinen trüben Gedanken.

Nun heißt es, klebrigen Apfelsaft aufwischen, der bereits auf den Küchenboden tropft, und zeitgleich Sanne und Samuel anmeckern und hinterher noch Mäxchen, der sich aus den Spaghetti einen Kilimandscharo gebaut hat.

Doch dann fällt mir Sannes vorwurfsvoller Spruch ein, den sie immer sagt, wenn es um den vollen Mülleimer geht. Ich lasse den

Wischlappen fallen, erhebe mich so würdevoll es eine angestrengte Mutter vermag und sage »Warum eigentlich immer ich?«

Und dann verlasse ich, verfolgt von drei weit aufgerissenen Augenpaaren, die Küche.

»Was ist denn mit der los?«, wispert Samuel aufgeregt. Den Rest höre ich nicht mehr, denn ich lagere mich bequem auf dem Sofa und blättere in einer Zeitschrift. »Und wenn ihr die Küche aufgeräumt habt, bringt ihr den Mülleimer runter und kauft Salat ein«, rufe ich. Na bitte. Es klappt ja. Auch ich könnte mit Dienstmägden wunderbar umgehen.

Eine Zeit lang höre ich es verdächtig laut in der Küche klappern. Ich widerstehe der Versuchung, mich anzuschleichen, um zu kontrollieren, ob die Kinder alles richtig machen.

»Nicht meinen Vulkan kaputtmachen!«, höre ich Mäxchen gerade empört rufen. Es war wohl doch nicht der Kilimandscharo. Was kümmert es mich? Ich habe das Essen gekocht, die anderen Familienmitglieder können jetzt die Küche aufräumen, das ist doch nur fair. Das nennt man gerechte Arbeitsteilung. All das erkläre ich den Kindern wenig später auch. Und sie nicken eifrig.

»Dann werden wir heute Abend kochen, und du musst aufräumen«, lautet die logische Antwort, und ich habe das Gefühl, in die Falle geraten zu sein. Der Mülleimer dampft übrigens weiter vor sich hin.

»Den haben wir für Papa übrig gelassen«, erklären mir die Kinder.

Am Abend gibt es explodierte Würstchen aus der Mikrowelle mit zerhackten, sauren Gurken.

Den Filter der Spülmaschine verstopfen unzählige Spaghetti, und auf Mäxchens Nachttisch steht ein Teller mit einem erkalteten Tomatensoßen-Vulkan.

Man muss schon ein dickes Fell haben, wenn man die Männer von morgen erzieht. Aber ich bin ganz zuversichtlich.

Wie das Experiment ausgefallen ist, erzähle ich Ihnen in fünfundzwanzig Jahren.

31

Sich mal was Gutes tun …

»Du musst dir mal was Gutes tun« so lautete der Rat einer Freundin. Und als ich sie ratlos anblickte, kam sie zu folgendem Entschluss:

Geh doch mal ganz allein essen. Das wird deinem Selbstbewusstsein ungemein gut tun«, sagte Marina.

»Mit meinem Selbstbewusstsein ist alles o.k.«, gab ich ein wenig verunsichert zurück.

»Machst du denn überhaupt mal was ohne deinen Mann?«, rief sie ungeduldig, denn ich entpuppte mich in ihren Augen wohl gerade als ziemlich schwieriger Fall.

Nebenbei zu erwähnen wäre vielleicht noch, dass Marina allein lebt, mit einer Katze namens Rudi.

»Ja, ich mache viel ohne meinen Mann«, antwortete ich. »Aber warum sollte ich allein essen gehen? Was ist so aufregend daran? Ich esse nicht gern allein.«

»Ha!«, machte sie, als hätte ich etwas sehr Bedeutsames von mir gegeben. »Siehst du!«

»Was?!«

»Du hängst sogar bei dem fundamentalsten Grundbedürfnis von deinem Lebenspartner ab. Wie in der Steinzeit. Du kannst nicht einmal ohne ihn Nahrung zu dir nehmen. Und mit deinem Selbstbewusstsein soll alles in Ordnung sein?«

»So ein Blödsinn«, dachte ich und versuchte, das Thema zu wechseln. »Machst du eigentlich noch diesen interessanten Psychologiekurs an der Volkshochschule?«, fragte ich also.

»Du versuchst das Thema zu wechseln!« Marina sah mich aus weit aufgerissenen Augen an. Ein bisschen sah sie aus wie Rudi.

»Also bitte schön«, erwiderte ich lässig. »Dann gehe ich eben allein essen.«

»Um zwanzig Uhr am Sonnabend im »Chez Pierre«, rief sie triumphierend. »Ich habe dir schon einen Tisch bestellt.«

Ich kam mir zwar ziemlich überrumpelt vor, aber einen Rückzieher wollte ich auch nicht machen. Sie wissen schon: Mein Selbstbewusstsein stand auf dem Spiel.

Deswegen ging ich drei Tage später in besagtes todschickes Restaurant und nahm an einem winzigen Tisch Platz, der für eine Person gedeckt war. Dem liebsten Ehemann hatte ich versucht, dieses Experiment zu erklären, aber er hatte es nicht verstanden.

»Wie? Du kannst nicht ohne mich essen? Und was ist mit der ganzen Schachtel Toffifee, die du gestern Abend ohne mein Beisein verdrückt hast?«

Darauf fiel mir keine Antwort ein, ich besuche ja auch keinen Psychologiekurs.

»Na denn, guten Appetit«, wünschte mir Robert, und ich trippelte hübsch gemacht hinaus.

»Wo geht denn Mama hin?«, wollte eins meiner Kinder wissen.

»Sie geht essen«, hörte ich Robert noch antworten. »Sie ist verabredet mit ihrer Freundin Frau Selbstbewusstsein.«

»Hääää?« Dann fiel die Tür zu.

Wenig später saß ich also an einem weiß gedeckten Tisch vor einer Kerze und kämpfte mich durch die Speisekarte.

»Abben Sie gewählt?«, fragte mich ein Kellner.

Jetzt nur die Ruhe. »Oui, oui«, antwortete ich ganz weltmännisch. »Weltfraulich« würde es besser treffen. Von wegen Steinzeit! Pah!

»Ich nehme dies hier und das.«

Mein dunkelrot lackierter Zeigefingernagel deutete lässig auf die Karte. »Oh, oui.«

Der Kellner blickte verdutzt, wahrscheinlich fand er es ausgesprochen beeindruckend, wie ich da gerade auf Französisch die besten Speisen ausgewählt hatte.

Dann ging es noch um den Wein. Ich sagte »Rouge« – das bedeutet »Rot«, falls Sie es nicht wissen sollten. Zufrieden lehnte ich mich zurück. »Tja, Marina«, murmelte ich, und mein Selbstbewusstsein schillerte wie eine lilafarbene Aura um mich herum.

Kurz darauf kam allerdings das Essen. Ziemlich viel Essen, fand ich. Eine ganze Platte voller Hummerstücke und eine weitere mit Käse, gefolgt von zwei Flaschen Rotwein.

Ich hatte doch niemals im Leben zwei Flaschen Wein bestellt! Ob der Kellner kein Französisch verstand?

Gerade deckte er mir einen neuen Tisch ein, weil auf dem ersten kein Platz für so viele Speisen war.

Da saß ich nun vor einem Riesenberg teuerstem, bestem Essen und sollte alles allein aufessen.

Plötzlich wurde ich traurig. Auch wenn es nach Neandertalerweibchen klang, aber ich hätte jetzt zu gern meinen Mann dabeigehabt.

Wozu sollte es gut sein, allein zu essen, wenn man es doch nicht mag? Und dann noch so viel.

Da ich glücklicherweise kein Neandertalerweibchen bin, griff ich zum Handy und rief Robert an, der kurz darauf hilfsbereit ins Restaurant geeilt kam.

Und was soll ich Ihnen sagen? Auch Marina traf ein, guckte wieder wie Rudi und zischte: »Ha! Soll ich dich im Kurs ›Ich stehe meine Frau‹ eintragen, oder euch beide in ›Eheaufmöbeln leicht gemacht‹?«

»Nein danke«, lachte ich und prostete ihr zu.

Und da wir ja so furchtbar viel Vin rouge und französisches Essen hatten, setzte sie sich zu uns, und wir hatten einen netten Abend zu dritt, nachdem sie endlich aufgehört hatte, wie Rudi zu fauchen.

Ich werde übrigens doch einen Kurs belegen: »Französisch für Anfänger«. Das wird meinem Selbstbewusstsein ungemein gut tun.

32

Wenn Männer mal helfen wollen

Oft sind es die hilflosen Helfer, die einem das Leben ganz schön schwer machen können. Sie verbreiten Chaos und verlangen Gegendienste. Und mein Mann ist einer von ihnen …

»Weißt du was?«, ruft er am Sonnabendfrüh, »ich erledige den Wochenendeinkauf.«

Bitte nicht, flehe ich stumm, denn ich weiß, was das bedeutet. Aber da ist er auch schon losgezogen, ohne Liste, dafür mit der kessen, kleinen Einkaufstasche am Arm, in die nicht besonders viel reinpasst. Zwei Stunden später ist er wieder da. Erschöpft. Am Ende seiner Kraft.

»Die Hölle!«, schnauft er und lässt drei Plastiktüten und die eingerissene Tasche mitten auf dem Küchenfußboden explodieren. »Die Hölle, sag ich dir. Als ob die Geschäfte für ein halbes Jahr schließen würden. Warum kaufen die Leute nicht an anderen Tagen ein?«

»Du hast doch auch eben eingekauft«, wende ich ein und werfe einen vorsichtigen ersten Blick in das Durcheinander, das er sich gerade im Supermarkt erkämpft hat.

»Ich bin ja nur einkaufen gegangen, weil du dich offenbar nicht gut organisiert hast und weil ich dir große Strapazen ersparen wollte und weil …«

»Schon gut«, unterbreche ich ihn.

»Das ist der Dank«, murmelt er und schlurft völlig verausgabt ins Wohnzimmer, wo er es sich mit Kaffee und Zeitung bequem macht.

»Das war es dann wohl«, denke ich und betrachte argwöhnisch eine winzigkleine Packung Tiefkühlspinat. »Praktisch«, steht darauf. »Für den Single-Haushalt.«

Was hat er sich denn dabei gedacht? Wir sind alles andere als ein Single-Haushalt, wir sind fünf immer hungrige Personen plus Hund (obwohl der keinen Spinat mag).

Aber als ich tiefer in der Tüte krame, komme ich dem Rätsel auf die Spur: Robert hat sieben Mini-Schachteln Spinat (»Praktisch – für den Single-Haushalt«) gekauft. Das ist aber clever?

»Robert«, rufe ich, doch der erholt sich noch immer auf dem Sofa.

Da er ja von einer Einkaufsliste nichts gewusst hat, gibt es daher auch weder Nudeln noch Salat. Und kein Waschpulver. Dafür können wir uns gegenseitig mit Kiwis totschlagen und literweise Rotwein trinken, dazu passt dann auch wunderbar das 3-Kilo-Paket Frolic.

»Lucky mag kein Frolic!«, rufe ich wütend, und dann mache ich mich auf den Weg, um die Wochenendeinkäufe zu erledigen. Robert schlummert friedlich unter seiner Zeitung.

Als ich eine Stunde später wieder da bin, schaut er mich verwundert, aber ausgesprochen ausgeruht an.

Dann beginnt er, mir Vorhaltungen zu machen. »Ich war doch gerade einkaufen«, meckert er und schenkt sich eine weitere Tasse Kaffee ein. »Wieso machst du eigentlich immer alles so kompliziert?«

»Weil man mit Frolic keine Wäsche waschen kann, und weil die Kinder noch keinen Rotwein mögen«, antworte ich spitz.

»Ich bin nur bemüht, dir zu helfen«, erklärt er mir.

»Dann könntest du ja mal die Betten machen und den Mülleimer raustragen«, sage ich und versuche vergeblich, die vier von ihm gekauften Gurkengläser (schlesische Art: süß-sauer, essen die Kinder nicht! Und ich auch nicht!) In der Speisekammer zu verstauen.

»Ich muss mich erst mal ausruhen«, sagt Robert und verschwindet schleunigst, denn er hat ja bereits geholfen.

Als Gegenleistung möchte er jetzt gern für den Rest des Wochenendes frei haben. So hat er sich das jedenfalls gedacht.

So ähnlich hat es sich meine Freundin (oder soll ich besser »Bekannte« sagen?) Beate auch gedacht.

»Ich bringe dir deine Jungs vom Fußballtraining nach Hause«, bietet sie großzügig an. Wie nett von ihr, denke ich. Wirklich sehr nett.

Aber als sie mir meine zwei durchweichten, verdreckten Söhne bringt, schlüpft ein weiterer, ebenso durchweichter, verdreckter kleiner Junge in die Wohnung.

»Vielleicht darf ich dir meinen Julius kurz hier lassen?«, fragt Beate und blickt gehetzt. »Ich muss gaaaanz dringend noch mal ins Kaufhaus.«

»Aber klar«, sage ich. Julius hat sich derweil in seinem verschlammten Fußballtrikot aufs Sofa gesetzt und dunkle Spuren hinterlassen.

Also setze ich drei kleine Jungs in die warme Badewanne, koche Pfefferminztee und schmiere einen Berg Butterbrote.

»Ich mag keinen Pfefferminztee und Leberwurst auch nicht, ich will lieber eine Pizza, und euer Badehandtuch kratzt«, lauten Julius Kommentare, doch als seine Mutter selig von ihrer Shopping-Tour zurückkommt, weigert er sich, nach Hause zu gehen und wirft seine Fußballsachen, die ich inzwischen gewaschen und getrocknet habe, aus dem Fenster.

Meine Söhne finden das ausgesprochen witzig. Ich nicht so sehr.

Und dann kam neulich auch noch meine Schwiegermutter auf die großartige Idee, mir meine Speisekammer aufzuräumen.

»Da stehen so viele Rotweinflaschen herum, ich helfe dir mal ein bisschen«, sagte sie, und es klang sehr vorwurfsvoll. »So ein Durcheinander!«

»Bitte nicht!«, rief ich panisch. »Ich weiß genau, wo alles steht!«

»Tja«, sagte die Schwiegermutter und zog die Mundwinkel nach unten, »Wenn du keine Hilfe annehmen kannst …«

Als Dankeschön für ihr nettes Angebot habe ich ihr drei Gläser mit Gurken auf schlesische Art geschenkt. Manch einer ist eben nicht zu helfen.

33

Girlie-Party und Kindersekt

Wenn kleine Mädchen zwölf Jahre alt werden, sind sie auf einmal gar nicht mehr so klein. Und Topfschlagen wollen sie auch nicht mehr.

Schade eigentlich. Ich fand das immer so witzig.

Aber um mich zu trösten, habe ich ja noch zwei kleine Jungs, die Topfschlagen an Kindergeburtstagsfeiern weiterhin absolut aufregend finden.

Meine Tochter allerdings meint inzwischen viel zu »cool« zu sein, als dass sie noch auf allen vieren durchs Wohnzimmer krabbeln würde, um unter einem umgestürzten Kochtopf ein Hanuta zu entdecken.

Nein, für sie musste in diesem Jahr eine richtige Party steigen. Und zwar eine Übernachtungsparty.

»Bitte sehr«, dachte ich. Das wird ja immer einfacher, wenn Kinder größer werden. Kein Gekloppe mehr um den letzten Stuhl bei der »Reise nach Jerusalem«, keine in die Gardine geschmierten Schokoküsse. Wunderbar!

Stattdessen ein bisschen Streuselkuchen und Pizza vom Blech und vier kleine (pardon, große) Mädchen in Pyjamas.

Sie ahnen vielleicht bereits, dass ich mich mal wieder irren sollte, sonst wäre ja auch keine Geschichte daraus geworden.

Am Nachmittag von Sannes zwölftem Geburtstag trafen also vier lauthals kichernde Freundinnen ein, setzten sich lauthals kichernd an den gedeckten Kaffeetisch, aßen lauthals kichernd Streuselkuchen und kicherten anschließend eine Weile weiter. Bis dahin war noch alles in Ordnung.

Dann wurden Geschenke ausgepackt, was auch ungemein lustig über die Bühne ging.

»Worüber lachen zwölfjährige Mädchen eigentlich die ganze Zeit?«, fragte ich mich. Worüber hatte ich bloß damals gelacht? »Zu lange her«, stellte ich fest. Es wollte mir einfach nicht mehr einfallen.

Meine Tochter riss mich aus meinen Gedanken.

»Jetzt wird getanzt!«, johlte sie, drehte die Stereoanlage bis zum Anschlag auf und begann, zu den Klängen Madonnas ihre schmalen Hüften zu wiegen. »Nanu«, dachte ich irritiert.

Auch die anderen vier hüpften ekstatisch durchs Wohnzimmer, warfen ihre Haare durch die Luft und fuchtelten mit wedelnden Armbewegungen geheime Botschaften ins Universum.

»Hung up!«, verkündete Madonna ebenso geheimnisvoll. »Die hat gut reden«, dachte ich missmutig und begann, in der Küche einen Hefeteig zu verkloppen. Wieso springt die in ihrem Alter überhaupt noch halb angezogen durch die Gegend? Grübelnd griff ich zum Nudelholz. »Weil sie pro Woche mindestens einen Fitnesstrainer verschleißt«, dachte ich gehässig.

Doch bevor ich weiter über reife Frauen in rosa Trikots und kichernde Vorpubertierende nachdenken konnte, hörte ich, wie im Wohnzimmer etwas zu Bruch ging. Darauf folgte hysterisches Gelächter aus fünf Jungmädchenkehlen, und mir schwante, dass es vielleicht doch einfacher ist, einen netten, klassischen Kindergeburtstag zu organisieren, als diese Halbwüchsigen unter Kontrolle zu halten.

Als ich strengen Blickes ins Wohnzimmer trat, war Omas Meissen-Vase zerbrochen, und besagte junge Damen wälzten sich allesamt auf dem Fußboden.

»Was ist so lustig an einer kaputten Vase?«, fragte ich etwas unterkühlt.

»Also…«, japste Sandra, »… die Verena ist gegen die Sanne gesprungen und dann …« Der Bericht musste an dieser Stelle abgebrochen werden, weil Sandra keine Luft mehr bekam und sich auf die Schenkel schlug.

Nun versuchte Verena zu sprechen: »Hmmmpffff-prust-gacker-gacker!«, kam dabei heraus. Sanne, mit hochrotem Gesicht, schrie mit sich überschlagender Stimme:

»Und dann, hahaha, hat die Merle versucht … ha-ha-hi-hiiiiii!«

Angesäuert kehrte ich in die Küche zurück, in der sich meine Söhne inzwischen eingefunden hatten und im Hefeteig herumpikten.

»Bitte!«, flehte ich. »Nicht! Ich bin jetzt schon am Ende meiner Nerven!«

Interessiert blickten mich die Jungs an. »Weil die Mädchen so blöd sind?«, forschte Samuel.

»Na ja«, versuchte ich zu schlichten. »Sie sind eben etwas … albern und …«

»Mädchen sind blöd!«, fiel mir Mäxchen ins Wort, und gerade als ich mein Geschlecht verteidigen wollte, rasten Sanne, Verena, Merle, Sandra und Elli kichernd an der Küchentür vorbei, um sich alle gemeinsam auf dem Klo einzuschließen, aus dem sie eine Viertelstunde später geschminkt wieder auftauchten.

»Mein teurer Chanel-Lippenstift«, winselte ich.

»Blöd«, wiederholte Samuel, und diesmal musste ich ihm Recht geben.

An diesem Nachmittag wurde noch sagenhaft viel gekichert, geschminkt, getanzt, wieder gekichert und Kindersekt getrunken.

Schließlich steckten die Mädchen in ihren Pyjamas, warfen mit Kissen und Chipstüten, fotografierten sich gegenseitig mit Teddybären im Arm und Lippenstift im Gesicht.

»Tolle Party, Mama«, murmelte Sanne kurz nach Mitternacht, und dann war auf einmal Ruhe.

Fünf verschwitzte Mädchen schliefen endlich, nach einer offensichtlich gelungenen Feier, und ich goss mir einen Cognac ein.

Gerade frage ich mich, wie wohl Madonna die Party ihrer zwölfjährigen Tochter Lourdes ausgerichtet hat. Vielleicht haben sie alle zusammen im Wohnzimmer zu »Hung up« getanzt? Vielleicht sind sie auch einfach ins Kino gegangen. Das werde ich nächstes Jahr auch tun.

34

Arbeitsplatz zu Hause? Nein danke!

Wollten Sie schon immer mal erfahren, wie es aussieht, wenn eine Schriftstellerin von zu Hause aus arbeitet? Dann sind Sie hier genau richtig. Aber machen Sie sich bitte keine Illusionen …

Besonders lustig ist das nämlich meistens nicht. Haben Sie gedacht, die Kinder würden andächtig durchs Haus schleichen und »PSSSSST! Die Mama SCHREIBT!« flüstern? Falsch gedacht. So etwas gibt es nur im Film. Der Alltag sieht – bei den Wekwerths jedenfalls – anders aus.

Stellen Sie sich folgende Situation vor: Es ist Wochenende, draußen nieselt es, die Kinder wandern gelangweilt durchs Haus, haben bereits überall Spielzeug verteilt, sich gestritten und sind immer noch im Pyjama.

Ihnen fehlt frische Luft und eine Supernanny. Mir fehlt genau dasselbe, letzteres sogar ein bisschen mehr, denn während ich mich durch eine Geschichte schreibe, könnte die Nanny die Kinder anziehen und das Spielzeug aufheben und dann ein wenig spazieren gehen. Kann sie aber nicht, denn es gibt sie nicht.

»Bin gleich fertig«, rufe ich hinter dem Computer hervor.

»Das hast du vorhin schon gesagt«, meckert Max.

»Wenn ihr mich mal in Ruhe schreiben lassen würdet, wäre ich schon längst fertig«, verteidige ich mich und lösche den letzten Satz.

»Dürfen wir fernsehen?«, will Samuel wissen und tippt auf meine Tastatur.

»Weg da!«, rufe ich empört. »Seht ihr nicht, dass ich arbeite?«

»Nö«, befindet Max. »Das sieht man eigentlich nicht. Wir haben Hunger!«

»Raus!«, meckere ich und raufe mir die Haare.

Die Kinder trollen sich und beginnen sofort, sich hinter der zugeschlagenen Tür zu prügeln.

»Eierkopp!«, ruft Samuel.

»Furzgesicht!«, erwidert Mäxchen.

Ich verdrehe die Augen und atme wie im Yogakurs. Ein-aus-ein … »Quatscheimerblödikakipups.« Aus – ein …

»Selber Eierrüsselpopelnasenekelkakipups.« Aus! AUS!!

»Ruhe!«, kreische ich, dann muss ich Luft schnappen. Ich drehe gleich durch.

Sieht denn keiner, was ich hier alles leiste? Diese Frage stelle ich besser nicht, denn ich kenne die Antwort.

Die Tür fliegt wieder auf. »Mama!«, ruft Samuel empört, »du warst jetzt lange genug am Computer, wir wollen jetzt auch mal ein Spiel machen!«

»Ich spiele doch nicht!«, wehre ich mich. »Ich schreibe.«

»Das ist dasselbe«, befindet Max.

Ich verwende eine kostbare Viertelstunde meiner mehr oder weniger inspirierten Zeit, um den Kindern zu erklären, dass ich jetzt meine Ruhe brauche, dass ich eine Geschichte schreiben muss, dass ich sie um ihre Unterstützung bitte. All das hätte die Supernanny auch gesagt.

Die Jungs blicken mich aus großen Augen an. Sanne erscheint im Türrahmen und gähnt.

»Kommt, Jungs«, sagt sie dann. »Wir puzzeln was.«

Ach, es ist toll, große Kinder zu haben. Die Tür schließt sich, Schritte entfernen sich. Es wird ruhig im Haus. Herrlich. Ich lese das zuletzt Geschriebene. Und lösche es gleich wieder. Noch mal von vorn.

Angestrengt starre ich auf den weißen Bildschirm. Was wollte ich eigentlich schreiben? Irgendwas über Hunde? Nein, über Nachbarn. Ich kratze mich am Kopf. Mir fällt nichts ein. Ich sollte mir einen Kaffee kochen. Das wird mich aufmuntern.

Wenig später bin ich wieder da, mit Kaffee, Keksen und einer Packung Toffifee ausgerüstet. Nachdem ich eine Weile in die Tastatur gekrümelt, den Kaffee ausgetrunken und zehn Toffifees gegessen habe, ist der Bildschirm immer noch weiß. Er flimmert ein wenig beleidigt.

»Ooooh!«, ruft Samuel, der sich angeschlichen hat. »Du sagst, du brauchst deine Ruhe, und dabei isst du bloß die ganzen Toffifees allein auf!«

Damit habe ich auf Jahre hinaus jegliche Hoffnung auf Respekt verspielt. Das ist mir bitter bewusst.

»Und geschrieben hat sie auch kein Wort!«, sagt Mäxchen und deutet vorwurfsvoll auf den Bildschirm, auf dem sich zwei mickerige Fragezeichen befinden.

»Ich bin eben keine Maschine«, versuche ich mich zu rechtfertigen. »Mir ist nichts eingefallen.«

»Echt?«, fragt Sanne erschrocken.

Die Kinder stehen um mich herum und essen betroffen die restlichen Toffifees auf.

»Und was machst du jetzt?«, fragt Samuel mit vollem Mund.

»Keine Ahnung«, stöhne ich gequält.

»Schreib doch, wie wir Tante Ruth das Pupskissen auf den Stuhl gelegt haben«, ruft Samuel aufgeregt, »und wie sie dann so gemeckert hat, dass ihr das Gebiss rausgeflogen ist!«

»Haha!«, schreit Mäxchen und hält sich den Bauch vor Lachen. »Und dann schreibst du, wie wir dir immer die Radiergummis verstecken und du immer neue kaufst!«

»Was?«, rufe ich entrüstet. »Ihr seid das?«

»Jahaaaa!«, wird gejohlt. »Und dann kannst du noch schreiben, wie Papa sich in der Badewanne den Hals verrenkt hat und nicht mehr rausgekommen ist und du den Arzt gerufen hast, der gesagt hat …«

»Genug jetzt!«, unterbreche ich meine indiskreten Kinder. Nicht alles sollte man in einer Geschichte zum Besten geben.

Aber diesen einen Vormittag an einem verregneten Wochenende im Frühling, den wollte ich Ihnen nicht vorenthalten.

35

Wie geht der Tag bei Ihnen los?

Ganz entspannt? Mit einem heiteren Wort auf den Lippen und der lieben Familie am Frühstückstisch? Toll, genau wie bei mir … Aber jetzt Spaß beiseite, und los geht's mit der Realität:

Bei uns ist nämlich morgens nichts und niemand entspannt. Nicht einmal der Hund.

Der Tag beginnt (sehr früh) mit einem Weckerklingeln, das bis in die Gelenke schmerzt. Soll es auch, denn sonst kriegt man mich nicht aus den Federn, nicht um sechs Uhr früh.

Ich keuche, ich stöhne, es hilft nichts. Der Morgen will angefangen werden. Und man fragt mich nicht um meine Meinung. Ich hätte auch Schwierigkeiten, sie zu formulieren, denn so früh kann ich noch gar nicht sprechen.

Also hieve ich mich aus dem wohlig warmen Bett, mache Licht, um den schnarchenden Ehemann zu wecken, und schlurfe ins Bad. Einen Blick in den Spiegel vermeide ich, obwohl die Schockwirkung den Aufwachprozess wahrscheinlich beschleunigen würde. Langsam tickt mein Gehirn: Zähne putzen, duschen, Kinder wecken, Frühstück machen, Schulbrote schmieren. Was? So viel? Erschöpft stütze ich mich am Waschbecken ab. Wie schaffe ich das bloß jeden Morgen wieder? Wenig später stehe ich unter der Dusche, schön warm ist das Wasser, ich entspanne mich. Bis mein Blick auf die Uhr fällt. Ob ich im Stehen noch mal eingeschlafen bin, betäubt von zu viel kreislaufankurbelndem Duschgel?

Hastig entsteige ich der Duschkabine, rutsche beinah' aus (das hätte noch gefehlt) und haste über den Flur. Dabei rufe ich »Rooobert, aufstehen!« ins eheliche Schlafzimmer und stoße im Kinderzimmer nicht auf schlafende, sondern auf friedlich spielende Kinder. »Morgen!«, rufe ich gehetzt. »Zieht euch an und kommt frühstücken.«

»Ja, Mama«, sagen beide und blicken nicht einmal von ihrer Playmobil-Baustelle auf. Sie werden sich also NICHT anziehen und NICHT frühstücken kommen, sie werden noch dreiunddreißig Ermahnungen, Erinnerungen und lauter gesprochene Worte benötigen, bevor sie sich in Bewegung setzen.

Ähnlich sieht es bei Sanne aus. Sie schläft noch und hat dann übelste Laune, will nicht in die Schule, will sich nicht anziehen und schon gar nicht den geringelten Pullover und so weiter und so weiter. Genervt galoppiere ich (immer noch halbnackt, mit nassem Rücken) ins Schlafzimmer, um mich anzuziehen. »Robert!«, rufe ich, denn der ist in ähnlicher Verfassung wie seine Tochter und stöhnt unter dem Kopfkissen herum.

So langsam beginnt das Adrenalin in meiner Blutbahn zu klumpen. Alle liegen herum oder spielen, nur ich, ich bin wieder die Einzige, die alles managt, die alles regelt. Mir kommen die Tränen, doch bevor ich ihnen freien Lauf lasse, beschließe ich, erst mal einen Kaffee zu kochen.

Auf dem Weg in die Küche kämme ich meine Haare und mache mir nebenbei ein paar Feinde, indem ich Robert die Decke wegziehe und den Jungs androhe, die Baustelle zu zerstören und bei Sanne das Licht an- und ausschalte. Sie sehen: In unserem Haus herrschen rohe Sitten. Alle murren, alle knurren. Wenig später auch die Kaffeemaschine, die nicht gerade schnell läuft.

»Hallo, Lucky«, begrüße ich den Hund, der mit hängendem Kopf in die Küche schlurft und mich dann mit starrem Blick fixiert.

»Was ist?«, frage ich irritiert. Er starrt weiter. Dann gibt er einen Winsellaut von sich. Ich kenne diesen Laut, ich weiß genau, was er will. Aber ich will nicht.

»Nicht jetzt, Lucky, lass mich erst Kaffee trinken«, bitte ich ihn nett. Aber Lucky kennt kein Erbarmen. Er will Gassi gehen.

»Kann mal einer mit dem Hund gehen?«, kreische ich in den

Flur. Aus dem Badezimmer rauscht die Dusche. Jemand pfeift ein fröhliches Lied. So viel zu Roberts Antwort. Sanne antwortet gar nicht, die Jungs springen im Schlafanzug herum. »Prima, immer ich«, denke ich und greife zur Leine.

Draußen ist es noch nicht ganz hell, es nieselt. Es ist halb sieben. Das Leben ist hart. Während Lucky Ewigkeiten damit zubringt, an Laternen zu schnüffeln, werde ich wieder müde. Ohne ein Gramm Schminke im Gesicht stehe ich hier im Nieselregen und gähne. Was für ein Anblick muss das sein!

Endlich ist Lucky fertig. Wir eilen nach Hause, der Hund springt ins Körbchen und schläft weiter. Der hat es gut. Mir steht jetzt der Frühstücks-Nahkampf bevor. Die Jungs (immer noch im Schlafanzug) wollen Haferflocken mit Kakao. »Ich habe aber keine Haferflocken mehr«, sage ich und gieße mir endlich den redlich verdienten Kaffee ein.

»Dann Smacks!«

»Ungesund!«, rufe ich und verbrenne mir die Zunge. »Esst ein Honigbrot.«

»Wollen wir nicht!«

Genervt lüfte ich meine kochende, schmerzende Zunge.

»Was machst du denn da?«, will Robert wissen. »Ist das Knuspermüsli alle?«

»Weiß nisch«, lispele ich.

Da ruft Sanne aus ihrem Zimmer, dass sie ihre Socken nicht finden kann und dass sie noch Hausaufgaben zu machen hat, und Robert murmelt etwas von »früher aufstehen«, und Lucky tippelt wieder an mit starrem Blick. Wahrscheinlich ist ihm eingefallen, dass er eine Laterne vergessen hat.

Diese Geschichte könnte noch eine Weile weitergehen, leider reicht der Platz nicht. Aber wenn sie mal wieder morgens in Zeitnot geraten und sich die Zunge am Kaffee verbrannt haben, dann denken Sie daran, dass es zu diesem Zeitpunkt garantiert noch Millionen anderen Menschen genauso geht wie Ihnen gerade.

36

Wenn aus Fahrstühlen Drachen werden

Kleine Jungs lieben große Abenteuer: Meine jedenfalls. Für sie ist das Erklimmen einer abwärts laufenden Rolltreppe so etwas wie die Besteigung des Mount Everest.

Meistens finde ich das auch recht putzig und einfallsreich. Aber manchmal nervt es schlicht.

Ich befinde mich mit meinen Söhnen in einem großen Berliner Kaufhaus. Brauche nur schnell ein Geschenk für eine Freundin. An eine schöne Kerze habe ich gedacht. Das wird nicht schwierig sein, denke ich mir außerdem, und dann muss ich aufhören zu denken, denn als wir vor den Fahrstühlen stehen, wird es anstrengend mit meinen Jungs.

Die Rolltreppen habe ich aus weiter oben bereits erwähntem Grund gemieden, doch dass aus Fahrstuhltüren hungrige Drachenmäuler werden, das ist mir neu.

»Neiiin«, kreischt Mäxchen entsetzt und klammert sich an seinen Bruder. »Ich lasse mich nicht fressen!«

Samuel grinst zufrieden.

»Was soll denn das?«, rufe ich, doch da geht mit einem »Pling« die Schiebetür schon wieder zu.

Ausführlich erklärt mir Samuel den Sachverhalt. Ich möchte jetzt lieber eine Kerze kaufen und schnell wieder verschwinden, aber Mäxchen weigert sich, aufgefressen zu werden.

»Der Drache spuckt dich im dritten Stock doch wieder aus«, sage ich mit Engelszunge.

»Vielleicht spuckt er uns besser im fünften Stock aus, und wir bekommen ein Eis?«, feilscht Mäxchen und guckt mich unschuldig an.

»Vielleicht spuckt er uns auch vorher in der Spielzeugabteilung aus?«, schlägt Samuel vor.

Ich glaube es nicht!

Stehe ich tatsächlich mit meinen Söhnen vor sich immer wieder öffnenden und schließenden Fahrstuhltüren und verhandele mit ihnen? Das ist bestimmt pädagogischer Wahnsinn.

Als kleiner Junge festzustellen, dass die eigene Mutter erpressbar ist! Noch auf meinem achtzigsten Geburtstag werden meine Söhne in ihrer Rede erwähnen, wie sie mich damals, 2006, im Kaufhaus zwischen Regenschirmen und Herrensocken dazu gebracht haben, ihnen Playmobilmännchen und Erdbeereis zu kaufen. Oh nein! Schluss mit diesen Gedanken. Ich bin doch noch gar nicht achtzig! Und blöd bin ich auch nicht. Als der Drache das nächste Mal sein Maul öffnet und drei sehr vergnügt aussehende Damen ausspuckt, stoße ich meine Söhne mit Hinterlist in den Fahrstuhl, drücke auf einen Knopf, und schon schließen sich die Türen.

»Haaaaa!«, rufen sie beide und sehen wirklich erschrocken aus. Von wegen Rede zu meinem Achtzigsten, denke ich mir triumphierend. Sollen sie im Jahr 2046 erzählen, was sie wollen, aber nicht, dass ich mich immer wieder habe reinlegen lassen.

»Wie bei Hänsel und Gretel«, wispert Samuel erschrocken. Mäxchen guckt mich mit großen Augen an.

Und ich? Schäme mich auf einmal ganz schrecklich. Wie gemein von mir, wie schändlich ich das Vertrauen dieser Kinder missbraucht habe.

Tatsächlich … wie eine Hexe habe ich sie in den Ofen, nein, pardon, in den Fahrstuhl geschubst. Und das war nicht nett von mir. Wie blass sie aussehen.

»Ich muss nur schnell eine Kerze kaufen …«, stammele ich, denn ihr vorwurfsvolles Schweigen bringt mich ganz aus dem Konzept.

»Siehst du, Mäxchen«, gebe ich mich heiter. »Der Drache tut dir nichts.«

Die Türen öffnen sich. Ich trete hinaus, meine Söhne haben sich in die Ecke gekauert.

»Kommt schon!«, rufe ich.

»Der Drache beißt!«, sagt Samuel mit unterkühlter Stimme.

»Der Drache ist gar keiner, sondern ein ganz dummer Fahrstuhl!«, rufe ich mit gellender Stimme.

»Rinn oder raus?«, murrt ein Berliner Original hinter mir.

»Bitte, Jungs«, flehe ich. Der Mann drängelt an mir vorbei und drückt auf einen Knopf.

Jetzt kommen meine verstörten Kinder überhaupt nicht mehr heraus, und was bleibt mir anderes übrig, als wieder in den Fahrstuhl zu springen? Nichts. Also tue ich es.

Hinter dem breiten Kreuz des Berliners höre ich meine Söhne kichern. So schlecht scheint es ihnen also nicht zu gehen.

Wieder macht es »Pling« (dieses Geräusch geht mir allmählich auf die Nerven). Ein Essensgeruch weht zu uns. Wieselflink sind die Jungs nach draußen geschlüpft und stehen auch schon mit einem Tablett bereit, um sich am Nachspeisenbuffet zu stärken.

Es muss wohl der fünfte Stock sein, in den uns der Fahrstuhldrache gespien hat. Wenn ich es recht bedenke: Eine Tasse Kaffee könnte ich nach dem ganzen Hin und Her und Rein und Raus ganz gut gebrauchen.

Dass wir nach ausgiebiger Stärkung über den Notausgang in geheimer Mission, unsichtbar geworden, durch die Geschirrabteilung geschlichen sind und wie durch ein Wunder erst in der Spielwarenabteilung wieder Gestalt annahmen, ist eine andere Geschichte.

Die Kerze für die Freundin habe ich an diesem Tag gar nicht mehr gekauft.

Das mache ich demnächst mal allein, wenn Fahrstühle wieder Fahrstühle geworden sind und weit und breit kein Mount Everest zu besteigen ist.

37

Wenn die liebste Ehefrau mal nicht so will

Kennen Sie das? Man ist eingeladen und hat überhaupt keine Lust. Und dann sagt man sich, dass es bestimmt nett wird, und das wird es dann aber nicht?

»Müssen wir da hin?«, frage ich Robert, den liebsten Ehemann.

»Ja«, sagt er knapp.

»Also schön«, denke ich mir. »Es wird etwas Gutes zu essen geben, und du wirst dich nett unterhalten. Und am Ende wird es ein richtig toller Abend gewesen sein.«

Ich denke also schnell all das, was man sich so denkt, wenn man am allerliebsten mit einem Buch ins Bett gehen oder einen Abend vor dem Fernseher liegen möchte, anstatt bei fremden Leuten auf der Sofakante zu hocken und kluge Dinge zu sagen. Aber Robert kennt kein Erbarmen, es sind Leute aus dem Büro, und er findet es wahnsinnig nett, dass sie uns einladen, und mich wahnsinnig anstrengend, dass ich mich so anstelle.

Selbst mein letztes Argument – ich habe Kopfschmerzen – wischt er gnadenlos mit einem »Dann nimm ein Aspirin, Schatz« vom Tisch, und schon sitzen wir im Auto und fahren los.

»Meine Güte, wo wohnen denn diese Leute?«, murre ich nach einer Weile. Robert räuspert sich.

»Vielleicht könntest du es diesmal vermeiden, über das Aussterben des indischen Schneetigers zu sprechen?«, fragt er und biegt in eine kleine Straße am Ende der Welt ein.

»So!«, rufe ich gereizt, denn meine schlechte Laune steigert sich gerade ganz unermesslich. »Ich breche mir einen ab, um mit deinen hohlköpfigen Bürofreunden Konversation zu machen, und dir passt das Thema nicht!«

»Hier kennt keiner einen Schneetiger«, gibt er zurück. »Sprich doch über die Kinder oder über …«

»Ich spreche, worüber ich will. Und das Aussterben des indischen Schneetigers ist eine sehr …«

Robert klingelt bei »Schultz« und packt eifrig die mitgebrachten Blumen aus dem Papier.

»Ist ja gut jetzt«, zischt er angestrengt.

»Der indische Schneetiger …«, flüstere ich genauso angestrengt zurück, doch da summt die Haustür, Robert wirft mir so etwas wie einen flehenden Blick zu, und der Abend kann beginnen. Mir klemmt die Strumpfhose zwischen den Beinen, und das steigert meine Laune nicht gerade.

»Haaa, Herr Wekwerth«, zwitschert eine hohe Frauenstimme von oben, dann werden Blumen überreicht und Hände geschüttelt, und jemand reißt mir den Mantel von den Schultern. Wenig später sitze ich auf bereits erwähnter Sofakante, und mein Strumpfhosenzwickel macht mich wahnsinnig.

»Was machen Sie beruflich?«, werde ich gefragt, und als ich es sage, guckt mich die Gastgeberin befremdet an. »Sie schreiben? Jede Woche eine neue kleine Geschichte? Und haben Sie nicht Angst, sich mal zu wiederholen? Hahaha!«

»Nö«, murmele ich in mein Sektglas. »Die Inspiration lauert überall.«

Frau Schultz hört auf zu lachen. »Sie werden doch nicht über diesen Abend schreiben, oder?«

»Das würde meine Frau niiiemals tun«, mischt sich Robert, der liebste Ehemann, ein, der von der gegenüberliegenden Sofakante unser Gespräch belauscht hat.

Ich bleibe die Antwort schuldig.

Gerade heute Abend gibt es einen Film mit Rock Hudson und Doris Day im Fernsehen, und ich muss hier sitzen und sauren Sekt trinken und mich von Gastgebern und Strumpfhosenzwickeln quälen lassen.

Wenig später wird das Abendessen serviert. Frau Schultz hat Hühnerkeulen zubereitet, und die sind innen noch ganz roh.

Robert scheint das nicht zu stören, er lässt sich eine weitere Portion geben und schwärmt gemeinsam mit Herrn Schultz von den Freuden des Skifahrens. Robert kann überhaupt nicht Skifahren. Trotzdem scheint er sich riesig zu freuen, dass Herr Schultz gleich seinen Diaprojektor anschmeißen wird und wir uns 350 Aufnahmen seines vergangenen Wintersporturlaubs ansehen dürfen.

Kurz kommt mir der indische Schneetiger in den Sinn, aber ich sage nichts. Im Schutz der Dunkelheit werde ich vielleicht gleich meine Strumpfhose ein bisschen tiefer ziehen können.

Drei Stunden später fahren wir nach Hause. Es ist fast ein Uhr Nacht, der Babysitter wird uns ein Vermögen kosten, und ich habe mich gelangweilt wie schon lange nicht mehr.

»Warum warst du so aggressiv, als Frau Schultz sich für deine Geschichten interessierte?«, fragt Robert hinter dem Lenkrad. Ich ziehe mir gerade gähnend die Strumpfhose aus, und das ist das beste Gefühl des Abends.

»Hast du ihre Schrankwand gesehen?«, frage ich zurück. »Voller Kitsch. Sie sammelt Schäferhunde aus Porzellan und …«

Robert bremst an einer roten Ampel. »Du wirst nichts darüber schreiben«, ruft er nervös. »Das sind wichtige Leute aus meinem Büro!«

»Und im Badezimmer ist alles rosafarben«, fahre ich erbarmungslos fort. »Sogar das Plastikduschhäubchen ist rosafarben, und weißt du, was ich im Alibert-Schrank gefunden habe?«

»Tanja!«, brüllt mein Mann.

»Hm?«, mache ich unschuldig.

»Du wirst nichts darüber schreiben!«, wiederholt er.

»Ich wollte eigentlich etwas über den indischen Schneetiger schreiben«, beruhige ich ihn.

Und das habe ich ja dann auch getan. So hat der Abend bei Schultzes doch noch einen Sinn gehabt.

38

Wie klug sind meine Kinder?

Verrückt gemacht von Pisa-Studien und Zeitungs-Meldungen, die klagen, dass die Jugend nicht genug gefordert wird, werfe ich misstrauische Blicke auf meine liebe Kinderschar.

»Wie klug sind die eigentlich von allein«, frage ich mich, wenn man sich doch nicht mehr auf das deutsche Bildungssystem verlassen kann.

Meine Mutter hat sich früher um solche Fragen nicht geschert. Wenn ich von der Schule nach Hause kam, habe ich schnell Schularbeiten gemacht (wenn ich daran gedacht habe) und bin dann draußen spielen gegangen, bis es dunkel wurde. Von Förderung keine Spur. Schade eigentlich, vielleicht wäre ich sonst Bundeskanzlerin geworden. Oder Gehirnchirurgin.

Doch zu spät, und deswegen quäle ich jetzt meine Kinder mit »MiniLük-Lernspielen« und »Wieso-Weshalb-Warum«-Büchern für kleine Schlauberger und solche, die es noch werden wollen. Meine Kinder machen den Eindruck, dass sie überhaupt keine Schlauberger werden wollen, und das beunruhigt mich zunehmend.

»Hast du Schularbeiten auf?«, frage ich streng. »Ja, ja«, sagt Sanne, den Telefonhörer am Ohr. »Erst die Arbeit, dann das Vergnügen«, zische ich und finde mich selbst ein bisschen blöd.

»Fußball spielen«, knurrt Samuel und gibt seiner Schulmappe einen sportlichen Tritt. »Würdest du bitte in ganzen Sätzen sprechen?«, gebe ich alarmiert zurück. Er grunzt unverständlich, wirft dann ein fleckiges Schreibheft auf den Küchentisch, in dem er wild herumschreibt, es nach zwei Minuten zurück in die Mappe stopft und dann wieder »Fußball spielen« sagt. Mir wird schwindelig. »Zeig mir, was du geschrieben hast«, fordere ich. »Hach!«, macht er und verdreht die Augen.

Ich halte einen mittellangen Vortrag, über allgemein gültige Umgangsformen, über die Wichtigkeit einer fehlerlosen Rechtschreibung und über Synapsen in Großhirnen (in mir schlummert doch eine Chirurgin). Dabei werde ich immer wieder von Klein Max unterbrochen, der mit seinem Holzschwert in mein Hinterteil pikst und sich darüber schier kaputtlacht. »Auch nicht gerade pfiffig«, denke ich, und mütterlicher Angstschweiß bricht mir aus.

»Heft raus«, rufe ich zu Samuel. »Ich diktiere dir was.« Es wird wieder furchtbar gegrunzt – meine Rede über die wohlfeile Artikulation hat nicht gefruchtet – im Gegenteil: Samuel spricht gar nicht mehr, gibt nur noch Neandertalerlaute von sich und lässt die Kinnlade fallen.

Mäxchen ist nicht müde geworden, mein Gesäß zu malträtieren, und Sanne höre ich nebenan seelenruhig telefonieren. Ich habe mal wieder alles im Griff.

»Schreib: Mimi und Mia sind auf der Straße«, sage ich und grabsche mir blitzschnell Mäxchens Schwert, woraufhin ihm das Lachen im Hals stecken bleibt. »Wiederhaben!«, brüllt er. »Sprich in ganzen Sätzen«, gebe ich zurück. »WIEDERHAAAABEN!«, brüllt er nur umso geräuschintensiver.

»Miiiimiiiiii«, schreibt Samuel lautstark. »Groß oder klein?« »Sprich in ganzen Sätzen«, will ich entgegnen, aber mir fehlt die Kraft, denn ich spüre, wie der Wahnsinn an mir nagt.

»Am Anfang des Satzes schreibt man groß«, sage ich mit geschlossenen Augen. Mäxchen wälzt sich wütend am Boden. »Blöde Mama«, schreit er.

»Ist das denn der Anfang vom Satz?«, fragt Samuel. »Hä?«, mache ich. Er grinst mich an. »In ganzen Sätzen sprechen, Mama. Außerdem heißt es ›Wie bitte‹.«

In diesem Augenblick beißt mich Max unter dem Tisch in die Wade. »Raus!«, kreische ich entnervt. Ich sehe, wie er Luft holt, und ich weiß auch, was er gleich sagen will. Doch ich komme ihm zuvor: »Wenn hier noch mal einer sagt, ich soll in ganzen Sätzen sprechen, dann darf er eine Woche lang nicht fernsehen«, wüte ich. »Was hat denn das damit zu tun?«, will Sanne erfahren. Offensichtlich hat sie eine Telefonpause eingelegt.

»Schreib jetzt«, wende ich mich an Samuel. »Mama und Maria sind auf ...« »Hä?«, macht er. »Ich denke, die heißt Mimi. Und ist es nun der Anfang vom Satz oder nicht?«

»Natürlich ist es der Anfang«, antworte ich. Das Telefon klingelt. »Für mich«, ruft Sanne und rennt weg. Mäxchen kämpft derweil gegen die Wohnzimmergardine an.

»Es könnte doch auch ein Ende sein«, gibt mir Samuel philosophisch zu denken. »Auf jeden Fall schreibt man es groß«, sage ich, »Also schreibt man auch am Ende des Satzes immer groß?« »Ich werde irre«, flüstere ich vor mich hin. »Irre, irre.«

Im Wohnzimmer poltert es. Wahrscheinlich haben sich fünf Meter rotes Leinen von der Gardinenstange verabschiedet. »Wisst ihr was?«, sage ich. »Ihr zieht euch jetzt an und geht im Hof ein bisschen Fußball spielen. Und die Hausaufgaben machst du später.«

»Jaaaaa!«, brüllt Samuel, gibt der Schulmappe einen Tritt und galoppiert mit seinem kleinen Bruder aus der Wohnung. Aus dem Hof höre ich sie rufen: »Boooaaah, cooler Schuss. Voll cool, Mann, ey!«

Es hört sich nicht sehr gebildet an. Aber, befinde ich hastig, zu einer gesunden, kindlichen Entwicklung gehören auch frische Luft und ungehemmtes, sprachliches Experimentieren.

Während die Jungs im Hof krakeelen und Sanne dauerkichernd telefoniert, koche ich mir einen Kaffee.

Was hat Samuel gesagt? Ein Anfang kann auch ein Ende sein. Gar nicht so dumm, der Bengel. Das ist jetzt jedenfalls auch ein ENDE.

39

Schlafende Hunde soll man nicht wecken

Diesen Spruch oben kennen Sie sicher. Ich kenne aber einen noch viel besseren: Spielende Kinder soll man nicht stören!

Schlafende Kinder sollte man auch nicht unbedingt wecken. Was es mit den Hunden auf sich hat, weiß ich nicht so genau, denn wenn ich versuchsweise am Körbchen meines Hundes Lucky rüttele, dann gähnt er nur verschlafen und leckt mir dann freundschaftlich die Finger ab. Nun aber zurück zu den Kindern. Den spielenden …

Ich stecke lautlos meinen Kopf durch die Kinderzimmertür und sehe meine lieben Kleinen in einem Meer von Playmobil-Kleinst- und Ersatzteilen sitzen. Sie sehen sehr konzentriert aus, und mein mütterliches Auge erkennt, dass man ihren kreativen Spieltrieb jetzt auf keinen Fall stören darf. Mein mütterliches Auge erkennt außerdem, dass ich mich jetzt gleich mal aufs Sofa zurückziehen könnte: Buch, Kissen, Kaffee. Das perfekte Nachmittagsprogramm.

Lautlos beginne ich den Rückzug. Jetzt nur keinen Laut von mir geben. Zu spät! Eine Diele knarrt unter meinem schleichenden Fuß und verrät mich. Zwei Kleine-Jungs-Köpfe schnellen in die Höhe. Sie haben gute Ohren, meine Söhne, und offensichtlich noch irgendetwas, das sie ihre Mutter hundert Meter gegen den Wind wittern lässt. Was ist es? Der Anspruch auf Rund-um-die-Uhr-Service im »Hotel Mama«? Keine Ahnung. Aber im selben Moment geht es schon los.

»Mama!«, ruft Samuel. Dann scheint es in seinem Gehirn zu arbeiten. Was könnte man jetzt reklamieren, fordern, beanstanden?

Da! Jetzt hat er es gefunden: »Ich habe solchen Hunger«, jammert er.

»Und ich erst!«, ruft Mäxchen.

Ja klar, denke ich. Vor einer halben Stunde gab es Essen. Sie haben keinen Hunger, sie haben Angst, dass ich mich langweilen könnte oder einfach zur Tür hinausspaziere, auf dem Weg in die Südsee.

»Spielt mal schön«, sage ich mit engelszarter Stimme, so wie man vielleicht zu einem hungrigen Tyrannosaurus Rex sprechen würde. Vor mir steht allerdings die vermenschlichte Form dieses Ur-Monsters, aber ein klein wenig tyrannisch sind sie ja wirklich, meine Jungs.

»Spielst du mit uns?«, fleht Samuel so inbrünstig, als hätte er mich jahrelang nicht gesehen.

»Ich wollte mich eigentlich gerade für eine Viertelstunde aufs Sofa setzen«, wage ich Einspruch zu erheben. Völlig verdutzt werde ich von den Mini-Tyrannos angesehen.

»Wozu?«, fragt Samuel und lässt kurz einen Eckzahn aufblitzen.

»Weil ich mich ausruhen möchte«, antworte ich schlicht.

»Wovon?«, will nun Mäxchen gern wissen.

Ich seufze.

Der Rat der tyrannischen Mini-Macho-Söhne tagt kurz. Köpfe werden zusammengesteckt, es wird getuschelt. Da klingelt das Telefon. Nicht, dass Sie jetzt glauben, damit wäre die Geschichte am Ende. Erstens ist noch viel Platz da, und zweitens ist eine telefonierende Mutter für kleine Kinder fast ebenso wenig zu ertragen wie eine schlafende. Oder eine lesende.

Ich hechte mich aufs Telefon. Die Jungs folgen mir. Von kreativem Spiel kann keine Rede mehr sein.

»Hallo«, sage ich in den Hörer. Am liebsten würde ich noch hinterherflüstern: »Wer auch immer Sie sind, helfen Sie mir!« Ich traue mich aber nicht, denn Samuel und Max umkreisen mich mit glitzernden Augen. Es ist meine Freundin Gina. »Kommst du heute Abend mit zum Italiener?«, fragt sie.

»Wer is'n da dran?«, verlangt Samuel zu erfahren. Der Horror-Dino mutiert zum Sizilianer.

»Geht spielen«, meckere ich, denn so langsam fühle ich mich unfrei in meinen eigenen vier Wänden. So langsam platzt mir der Kragen.

»Uns ist langweilig«, murrt Max vorwurfsvoll.

Na ja. Und dann ist er geplatzt: der Kragen. Ich habe noch mit ruhiger Stimme zu Gina sagen können, dass ich sie später zurückrufen werde, und dann habe ich gemeckert!

Ich habe all das gesagt, was wahrscheinlich jede drangsalierte, geknechtete Mutter in ihrem Leben bereits mehrmals gesagt (oder gebrüllt) hat. Sie wissen schon: »Ihr habt ein Zimmer voller Spielzeug« – »Ich bin nicht euer Dienstmädchen« – «Warum könnt ihr euch nicht mal allein beschäftigen?« All das.

Als ich fertig war, trollten sich die Jungs in ihr Zimmer und schlossen die Tür.

Himmlische Ruhe kehrte ein. Sollte ich es wagen? Ich machte mir eine Tasse Kaffee, nahm das Telefon und kuschelte mich aufs Sofa. Herrlich!

»Hallo, Gina«, flüsterte ich, denn es sollte ja niemand mitbekommen, dass ich etwas so Verwegenes tat wie telefonieren. Am helllichten Tag. Also wirklich! Noch dazu auf dem Sofa.

»Weißt du, wer heute Abend mit zum Italiener kommt?«, sagte Gina gerade mit verschwörerischer Stimme.

Da hörte ich eine Tür klappen, und wenig später stand meine Tochter Sanne im Türrahmen.

»Mama!«, rief sie.

»Ich telefoniere«, sagte ich spitz.

»Duhu, Mamaaa!«, wiederholte Sanne ungehalten. »Ich will auch mal Deutschlands next Topmodel werden.«

»Haha, wie blöd«, kreischten die Jungs, denen wohl wieder eingefallen war, wie hungrig sie waren, und ich versprach ein zweites Mal, Gina zurückzurufen.

Wer nun mit ins italienische Restaurant gekommen ist, habe ich nie erfahren. Ich war es jedenfalls nicht. Ich bin um halb zehn ins Bett gegangen, denn der kommende Tag versprach mal wieder recht serviceintensiv zu werden.

40

Winterspeck schmilzt in der Sonne

»Like Ice In The Sunshine …« Kennen Sie diese nette Werbung für Eiscreme? Lauter fröhliche, schlanke(!) Menschen essen ununterbrochen und stets gut gelaunt Eis.

Und freuen sich des Lebens. Ich tue all das auch sehr gern. Dabei bin ich ebenfalls gut gelaunt und fröhlich, meistens scheint sogar die Sonne. Der einzige Haken liegt in der Betonung des Wortes »SCHLANK« …

Denn wer viel Eis isst, ist eher nicht schlank. Für solche Leute gibt es das nette Wort »vollschlank«, das ich nie so recht begriffen habe.

Vielleicht kommt »voll« von füllig und es müsste »follschlank« geschrieben werden?

Wie dem auch sei, darum soll es in dieser Geschichte gar nicht gehen, sondern um die täglichen, kalorienreichen Versuchungen und wie man sich mit ihnen arrangieren kann.

»Was soll's?«, sage ich mir. »Ich bin unter der Haube und jage nicht mehr in den Abgründen des Heiratsmarktes. Außerdem habe ich drei Kinder geboren, warum soll ich nicht ein bisschen Speck auf den Hüften haben? Was ist dabei?

Gar nichts, beruhige ich mich und greife beherzt zum Magnum mit Mandelsplittern. Fünf Minuten später nage ich nachdenklich das Holzstielchen ab. Das waren jetzt bestimmt 2 989 Kalorien.

Na und, versuche ich es wieder. Was soll's?

Aber irgendwie zieht es diesmal nicht. Ein Blick in den Spiegel verrät mir, dass das geblümte Sommerkleid vom Vorjahr spannt, und das sieht, ob man nun unter der Haube ist oder nicht, einfach unmöglich aus.

Wie mir ein Bikini stehen würde, wage ich mir gar nicht vorzustellen, und mit entschlossenem Gesichtsausdruck beschließe ich, in Zukunft nichts Süßes mehr zu essen.

Wissen Sie: Es ist eine Frage des Willens – so einfach ist das mit allem, was man erreichen möchte. Meine Oma, Gott hab sie selig, sagte immer: »Der Wille kann Berge versetzen«, und Recht hatte sie. Alles andere ist Charakterschwäche.

Ich habe es auch gerade einfach, mich zu solch selbstbewussten Reden aufzuschwingen, denn das Magnum mit seinen zahlreichen Mandelsplittern liegt schwer in meinem Magen. Und der Gedanke, überhaupt etwas zu essen, wirkt vollkommen deplatziert. Nach zwei Stunden hat sich meine heroische Haltung etwas gelockert.

Ich verspüre ein leichtes Ziehen in der Magengegend. Es ist ein dezentes, wehmutiges Ziehen, was man als »Appetit« bezeichnen könnte. Ein Tellerchen mit Nudeln, eine nette Gorgonzolasoße darüber, das könnte ich mir jetzt vorstellen …

Dann fällt mir meine Oma wieder ein, mit ihrem versetzten Berg, und auch mein geblümtes Sommerkleid flattert wie ein mahnender Geist vor meinem geistigen Auge. »Gespenster, nichts als Gespenster«, denke ich ungehalten, Gespenster essen sowieso nichts und sind langweilig, aber ich! Ich bin ein Mensch aus Fleisch und Blut!

Also beschließe ich, nur eine kleine Portion zu essen und auf Nachtisch zu verzichten. Aber dann stürzen die Kinder in die Küche, und in Gesellschaft schmeckt es sowieso besser.

Nachtisch wollen sie auch (Schokoladenpudding), und nachdem ich zweimal von den Nudeln genommen habe und mich dabei erwische, die Nachtischschälchen der Kinder gierig auszukratzen, erscheint mir wieder meine Oma. Diesmal trägt sie mein geblümtes Sommerkleid. Und ich muss zugeben, dass es ihr besser steht als mir.

»Also gut«, sage ich mir. »Ich werde mich zusammenreißen.«

Und dann tue ich mir ein bisschen leid, denn eigentlich kann ich nichts dafür, eigentlich sind die Kinder an allem Schuld. Erst haben sie mir die Taille ruiniert und jetzt wollen sie laufend Kartoffelchips und Milka-Schokolade essen.

»Versuchungen, nichts als Versuchungen«, denke ich mutlos.

»Du musst das Ganze viel konsequenter durchziehen«, rät mir Andrea, meine schlanke Freundin. »Du musst genau darüber Buch führen, was du wann essen darfst.«

Ungläubig blicke ich sie an. »Das ist mir viel zu kopflastig«, widerspreche ich. »Ich mache das aus dem Bauch heraus.«

»Das sieht man«, unterbricht sie mich und wirft einen hämischen Blick auf meine Bluse, die ein wenig spannt.

»Kennst du dieses Eislied?«, frage ich sie, plötzlich nachdenklich geworden.

»Ja klar«, antwortet sie.

»Es hat einen tieferen Sinn«, versuche ich ihr zu erklären.

Ungläubig sieht sie mich an. »So?«

»Ja«, sage ich. »Darin heißt es, dass man in der Hitze nichts anderes braucht, als ein Eis in der Hand. Und dass man sich um nichts sorgen soll, denn alles, was zählt, ist der Moment. Ist das nicht genial?«

»Was hat das denn mit Kalorien zu tun?«, fragt Andrea.

Ich räuspere mich. »Eben nichts. Das Lied will uns sagen, dass wir unwichtige Dinge, wie zum Beispiel Kalorien und Speck auf den Hüften, überbewerten und dass wir darüber das Schöne im Leben nicht mehr sehen!«

Andrea hat mich nur ratlos angesehen und dann von »Ausreden« und »Charakterschwäche« geredet.

Aber Sie, liebe Leserin, Sie verstehen vielleicht, was ich meine.

In diesem Sinne wünsche ich Ihnen nur Sonne und viel Spaß.

Und singen Sie ab und zu: »Like Ice In The Sunshine, I'm Melting Away, On This Sunny Day!«

Das Lied hätte meiner Oma bestimmt auch gut gefallen.

41

Mütter am Rande der Identitätskrise

Wenn Sie Kinder haben, werden Sie wissen, was ich meine. Wenn nicht, dann kennen Sie solch eine Krise auch nicht. Es sei denn, Sie sind die Frau von Richard Gere oder George W. Bush.

Solche Damen heißen nämlich nur »die Frau von Richard Gere« oder »die Frau des amerikanischen Präsidenten«.

Vielleicht greife ich gerade ein wenig zu hoch, aber mein Problem ist ein ganz Ähnliches. Mich bezeichnet man zwar nie als Frau Präsident (schade eigentlich), sondern als »die Mama von Samuel«, »die Mama von Max«, »die Mama von Sanne« oder auch »die Samuel-Mama« und so weiter und so weiter, den Rest können Sie sich denken.

Vieles wird einem verschwiegen, wenn man zum ersten Mal Mutter wird. Wie man mit hochsensiblen Pubi-Mädchen umgeht und mit fernsehsüchtigen Klein-Rittern zum Beispiel, und dass man allerspätestens im Kindergartenalter des Kindes seine Identität verliert. Ab da ist man nämlich nur noch »die Mama von …« Früher war ich mal »Tanja« oder »Frau Wekwerth«.

Das ist längst vorbei.

Ein Telefonat hört sich oft so an: »Klingeling.«

Ich: »Hallo?«

Eine Frau: »Hallo, hier spricht die Mama von Sina. Sind Sie die Mama von Samuel?«

Ich: »Ja, unter anderem.«

Die Mama von Sina: »Die Sina möchte gern mal wieder mit Samuel spielen, und ich wollte fragen, ob es morgen passt?«

Ich (grübelnd, wer zum Teufel ist die Mama von Sina?): »Hmm, ja klar, gern.«

Die Mama von Sina: »Dann nehmen Sie Sina morgen mit?«

Ich weiß nicht mal, wie Sina aussieht, geschweige denn ihre Mutter.

»Mach ich«, verspreche ich. Samuel wird sie schon wiedererkennen.

Am nächsten Tag fungiere ich als Privatsekretärin meines Sohnes Max. Er möchte sich mit Leon verabreden. Jetzt will ich es aber wissen.

»Guten Tag, Wekwerth am Apparat«, sage ich schnittig in den Hörer.

»Wer?«, fragt eine Frauenstimme irritiert.

»Spreche ich mit Frau Schuster?«, frage ich zurück, denn ich werde mich nicht abschrecken lassen. »Hmm«, macht sie. So ist sie bestimmt seit Jahren nicht mehr angesprochen worden.

Ich werde schwach. »Sind Sie die Mama vom Leon?«

»Ja!«, ruft sie erleichtert. Jetzt weiß sie wieder, wer sie ist. Sie hört sich richtig fröhlich an. »Und Sie?«, fragt sie. »Sie sind die Mama von …«

Jetzt ist sie gespannt. Aber ich werde es ihr nicht zu leicht machen.

»Wie gesagt, Wekwerth«, teile ich mit selbstbewusster Stimme mit.

Schweigen in der Leitung.

»Tanja Wekwerth«, helfe ich nach. Meine Güte, liest diese Frau meine Bücher nicht?

»Ach!«, ruft sie. Jetzt hat sie es! Sie kennt meine Bücher. Natürlich kennt sie meine Bücher.

»Sie sind also die Mama von der Tanja«, freut sich Frau Schuster und mein Frohlocken erstirbt.

»Nein«, gebe ich klein bei. »Ich bin die Mama von Max!«

»Ja, warum sagen Sie das denn nicht gleich?«, lautet die Antwort, und zwei Frauen ohne Namen, ohne Identität verabreden ihre Sprösslinge.

In anderen Kulturen, so habe ich gehört, ist es andersherum. Da werden Kinder nach ihren Vätern benannt. Also wäre Samuel »der Sohn von Robert«. Ist aber auch nicht besonders mütterfreundlich. Es heißt bestimmt nie »Hey, da hinten läuft der Sohn von Tanja!« Finde ich auch nicht besonders schlimm, denn man gibt ja Kindern nicht umsonst einen eigenen Namen. Nur (und jetzt werde ich wieder unzufrieden) auch ICH habe mal vor langer Zeit einen eigenen Namen bekommen, und der wird seit Jahren ignoriert.

Ein weiteres Beispiel:

Ich treffe eine Frau auf der Straße. Sie kommt mir vage bekannt vor. Sie starrt mich an, ich starre zurück.

»Sie sind doch …«, sagt sie halblaut und streckt mir ihre Hand entgegen.

»Tanja Wekwerth«, sage ich hoffnungsschwanger.

»Hm«. In ihrem Kopf arbeitet es fieberhaft. In meinem auch.

»Ha!«, ruft sie und sticht mit dem Zeigefinger auf meine Brust. »Ich hab's! Sie sind die Mama von Sanne!«

»Ja«, gebe ich zu. »Und Sie sind Frau …?«

»Ich bin die Mama von Franziska.«

Natürlich. Alles ist gut. Wir haben uns zuordnen können. Wir sind die Mamas von jemandem. Das ist der Sinn unseres Lebens. Mama sein!

Irgendwann bin ich dann wohl auch »die Oma von irgendwem …«

Als ich am nächsten Tag mit Robert, dem bekanntlich liebsten Ehemann, durch den Park laufe, kommt die Frau vom Vortag, Sie wissen schon, die Frau … also, die Mama von Franziska, auf uns zu.

»Guten Morgen, Herr Wekwerth«, höre ich sie grüßen. Mir schenkt sie ein Kopfnicken, das ist genug für eine Mutter.

»Unglaublich!«, wüte ich hinterher. Robert hat natürlich keine Ahnung, was ich meine.

Vielleicht sollte man T-Shirts drucken lassen: »Ich bin ein Wesen mit Grundrechten und eigenem Namen.«

Aber vielleicht übertreibe ich auch mal wieder ein wenig. Das gehört zu meinem Job! Auf jeden Fall grüße ich alle Mamas und Papas dieser Welt und die Frau des amerikanischen Präsidenten auch und den Mann von Angela Merkel. Wie heißt DER eigentlich?!

42

Eine Überdosis Familienleben

Es ist so wundervoll und erfüllend, eine Familie zu haben: drei entzückende, wohlerzogene Kinder, ein toller, attraktiver Ehemann und eine … zumeist freundliche Schwiegermutter.

Jetzt beginnt endlich das Kleingedruckte, und ich kann ganz ehrlich sein. Denn manchmal nervt die liebe Familie auch über alle Maßen.

»Was würdest du jetzt tun, wenn du nicht das Abendessen vorbereiten, die Waschmaschine leeren und zum Elternabend gehen müsstest?« Auf einmal war sie da, diese Frage. Wer hatte sie gestellt? Die Waschmaschine?

»Hmpf«, antwortete ich, denn ich hatte den Mund voller Wäscheklammern. Und dann musste ich erst mal nachdenken. Solch eine exotische Frage hatte ich mir in den letzten 12 Jahren nicht mehr gestellt.

»Ich würde mir eine Klatschsendung im Fernsehen angucken, und dann würde ich mir die Fingernägel lila lackieren und für den Rest des Abends endlich das Buch zu Ende lesen, das ich zu Beginn dieses Jahres angefangen habe. Oder war es letztes Jahr? Auf jeden Fall komme ich einfach nicht über Seite fünfundzwanzig hinaus, weil ich entweder unterbrochen werde oder einschlafe.

Die Waschmaschine knurrte, und bevor ich mich fragen konnte, ob ich meinen Verstand verlor, fuhr die Stimme fort: »Und wenn du jetzt einfach mal tun würdest, wozu du Lust hast? Schließlich bist du keine Sklavin. Du bist ein Mensch, du hast Bedürfnisse, du willst LEBEN!«

»Ja«, rief ich und verschluckte beinahe eine Wäscheklammer. Wenig später setzte ich mich seelenruhig vor den Fernseher und fragte mich, warum ich nicht schon viel früher darauf gekommen war, es mir im Alltag ein wenig angenehmer zu machen.

»Jetzt gibt es aber gleich Kim Possible«, rief Samuel entsetzt, als er mich und mein unmütterliches Verhalten sah. Und auch aus Mäxchens Gesicht war alle Farbe gewichen.

»Na gut«, sagte ich mir. »Wollen wir es nicht gleich übertreiben mit der wiederentdeckten Freiheit.«

Ich räumte das Fernsehfeld und machte mich am Küchentisch an das Lackieren meiner Fingernägel. Lila! In der Farbsymbolik steht sie für magische Veränderungen und für den Aufbruch. »Wie passend«, dachte ich mir zufrieden.

»Du musst gleich zum Elternabend«, erinnerte mich Robert, der liebste, bereits oben erwähnte, tolle, attraktive Ehemann.

»So war das mit Aufbruch aber nicht gemeint«, dachte ich irritiert und wedelte gehetzt mit lilafarbenen Fingern durch die Luft.

Dann fiel mir die Botschaft der Waschmaschine wieder ein, und ich sagte: »ICH gehe nicht zum Elternabend, geh DU doch!« Robert sah mich sprachlos an.

»Hast du dir die Finger geklemmt?«, fragte er dann.

»Ha ha, sehr komisch«, gab ich zurück. Was ist so schwer daran, mich mal einen Abend lang machen zu lassen, wozu ich Lust habe?«

Du willst nicht zum Elternabend?«, fragte Robert zurück.

»Nein.«

»Gut, dann gehe ich hin, und du machst dir stattdessen einen netten Abend mit …«

»Ach, Robert«, rief ich überglücklich und fiel ihm um den Hals. Ich habe einen Mann, der weiß, wie er seine Frau glücklich macht. MEIN Mann ist einfach toll. Irgendwas hatte dieser tolle Mann eben gesagt und war dann zum Telefon gegangen.

Ich nutzte die Zeit für eine weitere magische Schicht lilafarbenen Zauberlack.

»Meine Mutter freut sich«, rief Robert aus der Diele, wo er sich gerade den Mantel überzog. »Sie hat dich schon so lange nicht gesehen, sagt sie, und statt mit mir zu Abend zu essen, wie es geplant war, wird sie es eben mit dir tun.«

»Was?«, kreischte ich und raufte mir die Haare, was meinem Nagellack nicht gut tat. Ich war in die Falle gegangen.

Lieber fünf Stunden Elternabend mit Kuchenbasar-Besprechung und anschließender Wahl zum Elternsprecher auf Lebenszeit, als mit meiner Schwiegermutter Zeit auf dem Sofa totzuschlagen. Und was heißt, bitteschön, Abendessen? Soll das bedeuten, dass ich jetzt auch noch was kochen muss?

Stichwort!

»Hungaaaa!«, brüllen drei entzückende, wohlerzogene Kinder.

Die Wohnungstür klappt zu, und Robert, der Verräter, trabt zum Elternabend. Ich beneide ihn. Mit ramponierten Nägeln mache ich mich ans Brotschneiden, dann rase ich durch die Wohnung, um wenigstens ein bisschen Ordnung zu schaffen. Ich fege Bonbonpapier und vereinzelte Kinderhausschuhe unter dem Sessel hervor, entdecke dabei ein nie gefundenes Osterei vom Vorjahr, und in diesem Augenblick klingelt es an der Tür. Es ist meine Schwiegermutter, die einen entsetzten Blick auf meine lila zermatschten Finger wirft und gleichzeitig fragt: »Sind die Kinder noch nicht im Bett?«

Man sollte nicht darauf achten, wenn Waschmaschinen auf einmal anfangen zu sprechen. Dies ist meist nur eine harmlose Wahnvorstellung gestresster Mütter. Neulich hat mir der Kaktus von der Fensterbank aus zugeflüstert: »Mensch, Tanja. Hau doch mal wieder so richtig auf die Pauke!« Da habe ich ihn ganz schnell gegossen, damit er mich nicht auf dumme Gedanken bringt.

Es ist wirklich erfüllend, im Netzwerk der Familie eine entscheidende Position innezuhaben.

Mit meinem Buch bin ich übrigens immer noch auf Seite fünfundzwanzig. Aber ich denke, dass ich es in den nächsten fünfzehn Jahren ausgelesen haben werde.

43

Seine Eltern kann man sich nicht aussuchen

Dafür kann man sich Ehepartner, Haustiere und Freunde aussuchen. Die Eltern der Freunde seiner Kinder kann man sich schon wieder nicht aussuchen. Darum geht es jetzt.

Denn das ist ein Thema, von dem ich bis vor kurzem gar nicht wusste, dass es existieren könnte. Tut es aber, seitdem mein Sohn Max sich mit Philipp angefreundet hat. Philipp ist nett, seine Mutter ist eine Langweilerin.

»Triff dich doch mal mit Nora«, flehe ich Max an, denn Nora hat eine Mutter, mit der ich mich immer so gut unterhalten kann, wenn ich sie im Kindergarten treffe.

»Nora ist ein Mädchen«, informiert mich Max kurz angebunden.

Also, mit Nora will er nicht spielen. Dafür am liebsten jeden Tag mit Philipp. Und Philipp ist sehr schüchtern. So schüchtern, dass seine Mutter ihn begleiten muss, wenn er sich verabredet. Das bedeutet für mich, dass die Langweilermutter zweimal in der Woche bei uns auf dem Sofa Kaffee und Kekse serviert bekommt und ansonsten Uninteressantes oder Unverständliches durch ihre verkniffenen Lippen presst. Oder gar nichts.

Leons Mutter ist auch richtig nett. »Triff dich doch BITTE mal mit Leon« flehe ich Max an.

Leons Mutter arbeitet beim Film und kann irrsinnig lustige Sachen erzählen, ich liebe ihren Sinn für Humor, sie ist …

»Leon ist ein Furzer«, unterbricht Max meinen begeisterten Gedankengang, und damit ist das Thema durch. Wer will schon mit einem Furzer spielen? Niemand. Aber ICH würde mich gern mit der Mutter des Furzers treffen.

Am nächsten Tag kommt wieder Philipp. Seine Mutter wirft ihren sackartigen Anorak in die Ecke und hockt sich aufs Sofa.

»Kennen Sie die Mutter von Leon?«, frage ich herausfordernd. Vielleicht versteht sie ja meinen Wink.

»Kenne ich nicht«, sagt sie kurz. Dann schweift ihr Blick über mein Wohnzimmer. »Ich habe eine schreckliche Hausstauballergie«, murmelt sie und kratzt sich demonstrativ an der Nase. »Es könnte möglich sein, dass in ihrem Wohnzimmer mal gründlich gewischt werden muss.«

Es könnte auch möglich sein, dass ich gleich einen Anfall kriege.

Jetzt niest sie.

Ich halte das nicht mehr aus. Dies ist definitiv ein mütterliches Opfer zu viel.

»Wissen Sie, Philipp kommt jetzt schon so lange zu uns. Sie brauchen ihn bestimmt nicht mehr zu begleiten.«

»Ich bin seine Mutter und weiß, was gut für ihn ist«, schnarrt sie verschnupft ins Taschentuch.

»Der arme Kerl«, denke ich. »An ihm wird in dreißig Jahren ein Psychiater mal so richtig reich.«

»Möchten Sie einen Keks?«, frage ich und blicke auf die Uhr.

»Sind da Nüsse drin?«

»Es sind sozusagen Nusskekse«, antworte ich.

»Dann nicht. Ich bin allergisch.«

Ob diese Frau allergisch gegen sich selbst ist?

Um die Nerven ruhig zu halten, esse ich fünf Kekse hintereinander. Im staubigen Wohnzimmer hört man nur das Malmen meines genervten Kiefers. Dann stehe ich auf, um ins Kinderzimmer zu sehen. Vielleicht streiten die zwei Jungs ja gerade, und ich könnte die Auseinandersetzung ein klitzekleines Bisschen anheizen und dann mit dem völlig aufgelösten Philipp ins Wohnzimmer zurückkehren und sagen: »Es tut mir Leid, aber die beiden sollten sich nicht mehr treffen. Sehen Sie selbst, in welchem Zustand Ihr Sohn ist und außerdem …«

Im Kinderzimmer läuft eine Musikkassette, Max und Philipp puzzeln gemeinsam Schulter an Schulter an einem Benjamin-Blümchen-Puzzle. Erschrocken schauen sie auf, als ich hereinkomme. Ich störe, das sehe ich sofort.

»Du bist mein bester, be-e-e-ester Freund«, schallt es aus dem Kassettenrekorder. Ich habe keine Chance. Beschämt schleiche ich ins Wohnzimmer zurück. »Und? Alles in Ordnung?«, fragt Philipps Mutter.

»Sie langweilen sich ein bisschen«, würge ich hervor, denn Kinder, die sich langweilen, machen bald darauf Unsinn. Das weiß sie bestimmt.

Sie niest. Und schweigt.

»Die Mutter von Leon arbeitet beim Film«, sage ich und esse Keks Nummer sieben. Darauf sagt sie nichts. Kostbare Zeit rinnt vergeudet durch die Sanduhr meines Lebens. Vor lauter Frustration werde ich melodramatisch und esse alle Kekse auf.

Dann fällt mir auch nichts mehr ein. Es ist erst halb fünf.

Mein allergisches Gegenüber auf der staubigen Sofakante gähnt. Sie scheint sich auch zu langweilen. »Darf Max vielleicht nächste Woche mal zu uns kommen?«, fragt sie. »Ich backe Vollkorn-Hirse-Kekse für die beiden und gehe mit ihnen an die frische Luft.«

»Klar«, rufe ich lauthals und hätte am liebsten »Juchu« gebrüllt. Ich bin erlöst. Soll sie mal Öko-Dinkel-Brösel-Kekse backen. In der Zeit treffe ich mich dann mit den Müttern von Leon und Nora, und Leon und Nora können ja solange bei Simon und Tamara spielen.

Dann sind alle glücklich und keiner muss sich opfern oder Allergien aussetzen.

Und vielleicht muss der arme Philipp in dreißig Jahren doch nicht zum Psychiater, weil er ja seit Kindertagen so einen guten Freund gehabt hat (der wiederum solch eine freundliche Mutter gehabt hat).

Wer weiß?

44

Selbstzweifel und andere Zustände

Haben Sie die auch manchmal, diese Zustände? Es fängt meist harmlos an: Morgens scheint die Sonne, dann fällt Ihnen plötzlich die Zahnbürste ins Klo, und Sie erkennen, wie vergänglich das Leben ist.

Nicht genug damit. Wenig später schnappt man Ihnen den Parkplatz vor der Nase weg, und die, die aus dem schnittigen, roten Sportwagen steigt und selbstgefällig grinst, ist Anfang zwanzig und ein Topmodel.

»Schönheit vergeht«, knurre ich verbissen, gebe Gas und scheppere mit meiner verbeulten Familienkutsche an der eingebildeten Tussi vorbei, die auf hohen Absätzen davonstöckelt.

An diesem Vormittag habe ich keine Chance mehr, denn eine ins Klo gefallene Zahnbürste ist ein übles Omen. Ich fahre zum Supermarkt. Da kann ich wenigstens friedlich parken. Eigentlich war ich bereits gestern hier, aber ich muss ja jetzt neue Zahnbürsten kaufen.

Es ist voll. Und heiß. Übellaunig wandere ich durch die Gänge, belade mich unterwegs mit Konservendosen und einer Doppelpackung Küchenrolle, spiele mit dem Gedanken, Tiefkühlerbsen anzuschaffen, nehme dann doch lieber Spinat, stelle mich an, bezahle und verlasse den Supermarkt mit schweren Tüten.

Erst auf der Rückfahrt, als ich im Stau stehe, fällt mir auf, dass ich die Zahnbürsten vergessen habe.

Mein Kopf fällt auf das Lenkrad. Da ist sie: die Krise!

»Was ist das für ein Leben, das ich da führe?«, frage ich mich und gebe einen Winsellaut von mir.

Hinter mir wird gehupt. Es ist grün. Mir doch egal. Ich bin eine Frau mit ungeputzten Zähnen, ich bin eine Frau mit schmelzendem Tiefkühlspinat im Kofferraum.

Vielleicht hätte ich damals doch internationales Recht studieren und mich auf Völkerrecht spezialisieren sollen. Dann würde ich jetzt in einer Villa in Luxemburg leben und am Europäischen Gerichtshof arbeiten und keinen Gedanken an Zahnbürsten und Tiefkühlerbsen verschwenden.

Nachdenklich gebe ich Gas. »Luxemburg? Wer will denn dahin?«, frage ich mich plötzlich und bremse ab (hinter mir wird wieder gehupt), … und sich jeden Tag mit Völkerrecht herumzuplagen, ist bestimmt auch irrsinnig langweilig. Ich muss gähnen. Allein schon der Gedanke ermüdet mich. Und das frustriert mich dann auch wieder.

Ich bin ein völlig zielloser Mensch, ohne jeden Ehrgeiz, ich bedauere nicht mal etwas in meinem Leben. Nur, dass mir die Zahnbürste ins Klo gefallen ist.

Ich bin genügsam, anspruchslos und bald vierzig.

Oh, Gott. Vor Schreck trete ich aufs Gaspedal. Und in zehn Jahren (Sie wissen ja, wie die Zeit verfliegt), in zehn Jahren bin ich fünfzig. Und wenig später dann siebzig. So schnell vergeht ein Leben. Ich schniefe bekümmert und schalte wild am Scheibenwischer herum, obwohl es gar nicht regnet.

Wenn ich jetzt sofort Blut spenden und mich dann in einer Universität einschreiben würde, um wenigstens ein bisschen Medizin zu studieren, dann hätte ich was Sinnvolles mit meinem Leben getan. Ich werde schon bald am offenen Herzen operieren und mich nebenbei auf Gehirnchirurgie spezialisieren. Das wäre dann ein Abwasch.

Apropos, fällt mir ein, und ich schalte die quietschenden Scheibenwischer wieder aus, ich sollte mal nach Hause gehen und in der Küche Klarschiff machen. Hinterher würde ich mich immatrikulieren. Tolles Wort. »Einschreiben« zu Deutsch. »Ist das eigentlich Latein?«, frage ich mich und schnappe geistesgegenwärtig einer alten Dame in einem Mercedes mit Luxemburger Kennzeichen den Parkplatz weg.

So macht man das in Berlin.

Mit meinen Einkäufen schleppe ich mich nach Hause. Dort ist es staubig und unaufgeräumt. Das ist mein Leben.

Fast fange ich wieder an zu weinen. Aber jetzt habe ich ja endlich ein Ziel vor Augen. Ich weiß, was ich will. Was war es noch? Ach ja, nicht nach Langweilig-Luxemburg gehen, sondern in Trendy-Berlin Gehirnchirurgin werden.

Hoffentlich ist das nicht zu blutig! Blut kann ich überhaupt nicht gut sehen.

Nachdenklich koche ich mir einen Kaffee (ich sagte ja bereits: vollkommen ziellos, mein Leben) und, anstatt abzuwaschen, setze ich mich gemütlich auf den Balkon. Vielleicht würde ich lieber Gärtnerin werden. Da fließt weniger Blut.

Ich seufze. Wirklich köstlich, der Kaffee. Mit aufgeschäumter Milch. Hmmm. Ich entspanne mich hinter meinen Lavendelkübeln. Wer hat hier eine Krise?

Ich bestimmt nicht. Ich bin eine Frau in den besten Jahren, ich bin Mutter, Gärtnerin, Rechtsanwältin, Ärztin – alles in einem. Alles im Kleinen. Aber das reicht mir auch vollkommen aus. Ich bin zufrieden mit meinem Leben, auch ohne glibberige Gehirne zu operieren. Wirklich wahr.

Wenn man mich nur einfach ein Weilchen hinter dem Lavendel ruhen lässt, dann ist mein Leben erfüllt. Blut werde ich trotzdem mal spenden gehen, am besten jetzt gleich und zu Fuß, und bei dieser Gelegenheit kaufe ich mir dann auch eine neue Zahnbürste. Wenn das nicht ein wahrlich sinnvolles Ziel ist!

45

Wenn Töchter groß werden

Eben saß sie noch im Buddelkasten und häufte sich Sand auf den Kopf, und jetzt steht sie plötzlich neben mir und will sich meine Jeansjacke ausborgen.

Die Rede ist von meiner Tochter Sanne. »Cooler Lippenstift, Mamms«, sagt sie. »Darf ich den auch mal benutzen?« »Nein«, rufe ich. »Und sag nicht immer Mamms zu mir.« »Wieso denn, Mamms?« »Weil ich deine Mama bin.«

Nachdenklich werde ich angesehen. »Aber Mamms klingt cooler, und es passt auch besser zu dir.«

Dieser kurze Dialog zeigt Ihnen, dass die Wekwerth-Welt neuerdings in cool und uncool eingeteilt wird, dass ich von einer MAMA zu einer MAMMS mutiert bin und ein Auge auf meine Schminkutensilien haben muss.

Das Auge meiner Tochter ruht ihrerseits des Öfteren äußerst kritisch auf mir.

»Was hast du denn da für eine Bluuuuuse an?«, will sie wissen und schlägt entsetzt die Hände vor das Gesicht.

»Wieso?«, frage ich unschuldig. »Die ist doch hübsch mit den kleinen Gänseblümchen drauf.«

»UNCOOL«, ruft Sanne. Skeptisch stehe ich hinterher vor dem Spiegel. Na ja, vielleicht hat sie nicht ganz Unrecht, meine Tochter. Ich ziehe stattdessen ein T-Shirt an, schleiche unsicher über den Flur. Ob die hauseigene, knallharte Trend- und Modeexpertin Sanne mich so aus dem Haus lassen wird?

»Schon besser, Mamms«, befindet sie.

»Kannst du bitte mal aufhören, mich immer Mamms zu nennen?«

»Nö.« Wunderbar, ich ernte die Früchte meiner Erziehung.

»Weißt du, Sannelein«, melde ich mich mit milder Stimme zu Wort. »Kleider sind nur Äußerlichkeiten. Sie sagen nichts über den wahren Charakter eines Menschen aus.«

»Trotzdem sieht jemand in Blümchenbluse blöd aus«, widerspricht sie.

»Auch das ist nur Geschmackssache, Sannelein«, gebe ich mich weise.

»Gänseblümchen sind schlechter Geschmack und sag nicht immer Sannelein zu mir«, kontert das Kind stilsicher. Hat es sich nicht noch vor kurzem Sand auf den Kopf geschüttet und für das Krümelmonster geschwärmt?

»Wenn du nicht mehr Mamms sagst, dann sage ich nicht mehr Sannelein zu dir, ok?«, versuche ich zu verhandeln.

»Alles klar«, sagt Sanne. Aber der Handel hält nicht lange. Genau genommen nur eine Viertelstunde.

»Wen findest du cooler, Mamms?«, fragt Sanne und schlendert mit einer CD-Hülle in die Küche. »Cilla oder Rachel?«

Nachdenklich betrachte ich ein Foto, auf dem zwei Jungs und zwei Mädchen in wilder Tanzpose abgebildet sind. Chipz nennen sie sich, und ich komme mir auf einmal steinalt vor. Ich fand mit zwölf Boney M. ganz toll, aber wenn ich das jetzt sage, dann bin ich in den Augen meiner Tochter so uncool, dass ich an Unterkühlung tot zu Boden sinken werde.

»Die da«, sage ich also und tippe auf die Dunkelhaarige. Sanne nickt zustimmend und scheint ganz zufrieden mit mir zu sein. Puh, Glück gehabt. Ich räuspere mich. »Und welchen Jungen findest du … cooler?«, frage ich und bemühe mich um einen interessierten Gesichtsausdruck.

Sanne macht schmale Augen. »Sag du zuerst«, sagt sie. Mein Herz schlägt schneller. Wieder steht meine Coolness auf dem Spiel. »Der da?«, sage ich und tippe einem von beiden (ich kann sie gar nicht auseinanderhalten) ins Gesicht.

»Puuuhäää«, kreischt Sanne. Ich bin durchgefallen. »Die sind doch beide total ätzend!«

Na, wenigstens diese Sorge muss ich mir nicht machen, meine Tochter findet Jungs doof. Vielleicht schwärmt sie ja heimlich immer noch für das Krümelmonster.

»Was hast du denn früher so gehört, Mamms?«, will Sanne jetzt wissen. Du liebe Güte, jetzt schlägt die Stunde der Wahrheit.

»Ahba«, gestehe ich.

»Hm-m«, macht Sanne. »Und was hattest du an?«

Ich komme mir bei dieser Befragung wie ein prähistorisches Fossil vor. »So lange ist es auch noch nicht her, Sannelein«, rufe ich aus.

»Sag nicht Sannelein, Mamms«, ruft Sanne verärgert. »Und es ist doch sehr, sehr lange her. Damals stand noch die Berliner Mauer, und Deutschland wurde von Helmut Kohl regiert. Wenn das nicht lange her ist!«

Sie hat Recht. Ich bin ein Fossil. Was sich bestätigt, als ich ihr aufzähle, was ich damals als »cool« bezeichnet hätte, wenn es das Wort schon im deutschen Sprachgebrauch gegeben hätte. »Karierte Karottenhosen«, lege ich los, »Robin-Hood-Stiefel und …«

»Was für Stiefel, Mamms?«, unterbricht mich Sanne.

»Das waren flache Lederstiefel, die man oben umklappen konnte und dazu trug man Strickstulpen und bunte Nylonstrümpfe zum Minirock.« Mein Ruf ist auf Generationen hinaus ruiniert. »Und getanzt haben wir zu ›What a feeling!‹«

»Hast du Fotos?«, keucht Sanne. Jetzt will sie Beweise. Ich krame ein altes Album heraus und betrachte mit meiner avantgardistischen Tochter längst vergangene Modesünden.

»Bist du das?«, kreischt sie, als sie mich mit Föhnwelle und Netz-Shirt entdeckt. Ja, das bin ich. Ich glaube es selbst kaum. Ganz hinten klebt ein Foto von Sanne, winzig klein sitzt sie in einem Buddelkasten und hat einen Haufen Sand auf dem Kopf.

»Und das bist du, Sannelein«, sage ich zärtlich. »Ach, Mama«, erwidert sie lächelnd, und dann geben wir uns einen ziemlich uncoolen Kuss.

46

Kleine Erinnerung an die Göttin in uns

Schlummert auch in Ihnen eigentlich ein ganz anderer Mensch? Sind Sie nicht nur die Frau, die morgens ins Büro trabt, ihren Kindern mittags Fischstäbchen brät und abends vor dem Fernseher einschläft?

Dann sind Sie hier genau richtig. Ich kann Ihnen jetzt zwar keine Wunderpille versprechen, aber eine Geschichte zu diesem Thema schreiben. Mir geht es nämlich ganz genauso: Im Grunde meines Herzens bin ich eine Göttin. Das weiß bloß leider niemand.

Noch letzte Nacht war ich eine Party-Göttin.

Mein liebster Ehemann Robert und ich waren zu einer Einweihungsfeier eingeladen, und ich zog mir ein glitzerndes Kleid an, malte mir die Lippen rot an, und da war sie wieder: die andere! Die, die eben auch in mir steckt. »Partyyyy«, flüsterte sie amüsierfreudig in den Alibert-Schrank und sorgte dafür, dass ich mir noch ein paar falsche Wimpern anklebte.

Die Kinderschar küssend, dem Babysitter auf die Schulter klopfend, stöckelte ich wenig später in einer Parfümwolke zur Tür und war bereit für jede Menge Spaß.

»Meine Güte, wenn die erst mal losgelassen ist, dann …«, scherzte Robert, den Rest konnte ich schon gar nicht mehr hören, denn ich klackerte bereits aufgeregt die Treppe nach unten.

»Partyyy«, summte es in meinem Kopf, und man hätte es nicht für möglich gehalten, dass ich noch vor wenigen Stunden dreizehn Fischstäbchen in einer mit Teflon beschichteten Pfanne gebraten hatte. In mir war die Göttin erwacht. Und die wollte sich jetzt dringend amüsieren.

»Roooobert!«, rief ich durchs Treppenhaus und kam mir vor wie Cinderella auf dem Weg zum Ball. Unser Babysitter würde nicht länger als bis Mitternacht bleiben, also hatten wir es eilig. »ROOOOBEEEEEEEEERT!!!«

»Leise«, zischte er.

Wir fuhren endlich los, wir kamen an. Musik schallte uns entgegen. Auf einer lichtergesäumten Terrasse wurde getanzt!

»Oh, guck mal«, rief ich verzückt. »Tanzt du mit mir?«

Robert ist kein großer Tänzer. Aber ich, ich bin geradezu geboren worden, um zu tanzen. An diesem Abend jedenfalls kam es mir so vor, und zu Discoklängen wiegte ich mich im Glitzerkleid.

Ich, die am Nachmittag noch mit der Nachbarin über die vermeintliche Lärmbelästigung unserer Kinder gestritten hatte, ich, die am Vormittag Mäxchens Termin beim Logopäden vergessen hat, ich, der ein Beutel Capri-Sonne in der Handtasche explodiert ist. Haha! Ich, die Göttin der Nacht.

Es sollte viel mehr solcher Nächte geben, statt Elternabend lieber in die Disco, statt Abendbrotstulle lieber ins Restaurant, statt Fernsehen Theater, statt Mineralwasser nur noch Champagner …

All das dachte ich mir, während ich ausgelassen vor mich hin tanzte und vor lauter Vergnügungssucht am liebsten gejubelt hätte. »Das ist mein wahres Sein!«, verkündete ich Robert, der mich irgendwann von der Tanzfläche zog.

»Irgendwas ist mit deinen Wimpern passiert«, sagte er leise.

Mit gesenktem Blick eilte ich ins Bad und stellte fest, dass sich der linke Wimpernkranz nach außen verschoben hatte, was ein klein wenig unharmonisch wirkte. Also fort mit den Wimpern, dafür ein bisschen mehr Lippenstift aufgetragen und schnell wieder hinaus, um noch ein wenig mehr Spaß zu haben.

»Darf ich dir Herrn Doktor Schulz vorstellen?«, wollte mich Robert auf dem Weg an die Bar aufhalten, aber ich brauchte jetzt erst einmal ein Glas Sekt oder besser noch Champagner, denn das ist das Getränk, das meiner würdig ist.

»Später«, sagte ich, denn auf Herrn Doktor Schulz hatte ich gerade gar keine Lust.

An der Bar traf ich einige Freundinnen, und wir lachten schallend über alles Mögliche. Schließlich waren wir hier, um uns zu amüsieren. Wir hatten alle gelangweilte Babysitter zu Hause sitzen. In gewisser Weise waren wir alle Cinderella, und dieses Schicksal verband uns. Also noch mehr Sekt, noch mehr gelacht.

»Zigarette?«, fragte mich Sandra.

»Klar doch!«, rief ich, obwohl ich gar nicht rauche. Ich finde es sogar ausgesprochen unvernünftig zu rauchen, stellen Sie sich vor, was da alles mit Ihren Lungen passiert, aber an diesem Abend hörte ich mich »klar doch« sagen.

Ich paffte also auf sehr mondäne Weise eine Zigarette, ignorierte Roberts Kopfschütteln am anderen Ende des Raumes, trank noch einen Schluck Sekt und ging dann mit Sandra und einer anderen Party-Queen auf die Tanzfläche zurück, wo wir uns drehten und vor Lachen wanden. Was für ein Spaß! Das Leben ist eine Party!

»Es ist schon nach Mitternacht«, hörte ich Robert auf einmal hinter mir sagen.

»Geh du nach Haus. Ich nehme mir später ein Taxi!«, rief ich atemlos und schwenkte im Disco-Rhythmus meine Gliedmaßen.

Das war gestern. Inzwischen ist die Göttin der Nacht verblasst.

Ich sitze ungeschminkt mit Kopfschmerzen am Computer und schreibe unter Aufbringung all meiner Kräfte diese Geschichte für Sie. Übel ist mir außerdem.

Ich bin wieder die Frau im gemütlichen Frottee-Morgenmantel, die gleich Brotscheiben in den Toaster stecken und nebenher die Spülmaschine ausräumen wird. Trotzdem ist es gut, ab und zu an seine innere Göttin erinnert zu werden. In diesem Sinne grüße ich alle Cinderellas und Drama-Queens, die das jetzt gerade lesen.

47

Großartige Kleinigkeiten

Nicht, dass Sie meinen, ich hätte keine anderen Sorgen, aber manchmal sind es die Kleinigkeiten, die mich wahnsinnig machen können.

Zum Beispiel das verliebte Fliegenpärchen auf dem Frühstückstisch.

Ich wedele die beiden mit einer energischen Bewegung davon. Wenig später lassen Sie sich vor Liebe taumelnd auf der Butter nieder.

»Hörst du mir überhaupt zu?«, fragt Robert, der liebste Ehemann, der es nicht leiden kann, wenn er nicht die volle Aufmerksamkeit genießt.

»Nein«, gebe ich zu und beobachte das Fliegenpaar, das eine fröhliche Runde unter der Zimmerdecke dreht.

»Was ist denn los?« Robert klingt beleidigt.

»Da sind zwei Fliegen«, erkläre ich ihm streng und kletterte zur großen Begeisterung meiner Kinder behende auf den Stuhl. Totschlagen will ich das Fliegenpaar zwar nicht, vielleicht befindet es sich auf der Hochzeitsreise. Aber dableiben soll es auch nicht. Also wedele ich wieder, diesmal in Richtung Fenster, und falle fast vom Stuhl.

Robert rettet mich heldenhaft. »Das kommt davon, wenn man sich über Kleinigkeiten aufregt«, doziert er.

»Du musst lernen, über den Dingen zu stehen.«

»Dir klebt Nutella am Kinn«, erwidere ich.

»Siehst du!«, ruft er. »Genau das meine ich.«

»Gut«, gebe ich klein bei, setze mich wieder an den familiären Frühstückstisch und höre Robert zu, der mir irgendwas von innerer Gelassenheit erzählt. Besser gesagt: Ich tue so, als hörte ich zu. In Wahrheit beobachte ich eine der beiden Fliegen, die auf dem Brotkorb gelandet ist und von dort aus über die Tischdecke krabbelt. Sehr unternehmungslustig. Bestimmt ist es das Weibchen, und bei nächster Gelegenheit wird es klammheimlich eine Milliarde Eier in die Erdbeermarmelade legen. Und ich soll mich für innere Angelegenheiten interessieren, wenn hier draußen, unter meinen Augen, so etwas Widerwärtiges geschieht?

»Mamas linkes Auge zuckt!«, schreit Mäxchen begeistert.

Nicht nur Mamas Auge zuckt, auch ihre Hand, nämlich nach dem Deckel des Marmeladenglases. »Ha!«, brülle ich triumphierend und werfe mich quer über den gedeckten Tisch, den Deckel wie eine Waffe vor mich haltend, das Marmeladenglas damit nur knapp verfehlend, und bei diesem ausgeklügelten Manöver fällt leider der Milchkrug auf den Fußboden.

Robert verdreht die Augen. Die Kinder freuen sich. Das Fliegenehepaar freut sich auch und brummt euphorisch durch die Küche. »Lass sie doch«, werden sie sich da oben zuraunen, »wir legen die Eierchen nachher in aller Ruhe in den Obstkorb, wenn diese Spinnerin nicht mehr da ist, summmmm, brummmmmm …«

Jetzt fliegen sie eine hübsche Figur, die eine Fliege nach links, die andere nach rechts, und dann treffen sich beide wieder unter der Lampe. Sie sind eindeutig verliebt. Das ist mein Mann gerade nicht so sehr.

»Tanjaaaa!«, ruft er von unten, wo er gerade die Scherben aufsammelt und die Milch vom Boden wischt.

»Mama ist von den Fliegen genervt«, versucht meine Tochter Sanne das Sonntagsfrühstück zu retten. »Genau«, murmele ich und mache schmale Augen, um besser beobachten zu können, was sich unter der Küchenlampe tut.

»Dann hau sie doch tot«, rät mir Robert, der wieder Platz genommen hat und nach einem Mohnbrötchen greift.

»Pfui«, sage ich. »Wer gibt mir das Recht, ein junges, glückliches Fliegenpaar zu töten? Stell dir mal vor, du wärst eine Fliege.«

»Ich bin keine Fliege, und will es mir auch nicht vorstellen«, gibt Robert gekränkt zurück.

»Es gab doch mal einen Gruselfilm darüber«, fällt mir ein. »Da hat sich ein Mensch in eine Fliege verwandelt.«

»Toll!«, rufen die Jungs.

»Könnten wir mal das Thema wechseln?« Robert macht schmale Lippen.

»Von mir aus.« Jetzt ist es ruhig und friedlich am Sonntagmorgen im Hause Wekwerth. Man frühstückt gemeinsam. Man lacht. Die Sonne scheint. Bis … Robert seine Zeitung auf den Tisch knallt und dabei die Zuckerdose umkippt. »Nicht tööööten!«, schreien die Kinder. Sie haben ihre empfindsamen Seelen von mir geerbt.

Robert hebt mit bösem Grinsen die Zeitung. Darunter liegt, völlig zerquetscht und zertrümmert, ein armer, kleiner Fliegenleib. Leicht verschmiert. Ein jämmerlicher Anblick. Ich glaube, einen winzigen Jammerlaut zu hören, der aus der Küchenlampe dringt. Dort sitzt bestimmt gerade der junge Fliegenwitwer und schlägt sich vor Kummer die Fühler vor die Facetten-Augen.

»Mörder!«, gellt meine Stimme durch die Küche, und ich beuge mich über die Überreste der Fliegendame. Dabei stelle ich fest, dass es nur eine zermatschte Rosine ist. Was für eine Freude!

Auch unter der Zimmerdecke ist die Freude groß. Herr und Frau Fliege fassen sich an den Beinchen und fliegen voller Optimismus ins Wohnzimmer. Von dort werde ich sie später in aller Ruhe aus dem offenen Fenster in die große, weite Welt hinauswedeln. Worüber regen wir uns hier eigentlich auf?

Habe ich jetzt tatsächlich so viel über zwei winzige Fliegen geschrieben? So ist das mit den Kleinigkeiten. Sie können eine Menge Raum einnehmen.

48

Wenn kleine Jungs zu viel wissen wollen ...

... und ich meine jetzt nicht die übliche Fragerei um Feuerwehr, Fußball, Flugsaurier und Festungsmauern. Nein, ich rede von den anderen Fragen mit F.

Nämlich die, bei denen es um Frauen geht, um Fortpflanzung und Fruchtbarkeit. Als Sanne noch kleiner war, hatte sie mir auch einschlägige Fragen gestellt (bevorzugt in der vollen U-Bahn oder am versammelten Familientisch mit der altjüngferlichen Tante Ursula). »Woher kommen die Babys? Wie oft hattest du mit Papa schon Sex?« All diese Fragen eben.

In der Zwischenzeit habe ich ein paar Jahre Ruhe gehabt, bis in der letzten Woche meine Söhne im Badezimmer herumlungerten. Zufälligerweise befand ich mich da gerade nackt in der Duschkabine.

»Die armen Frauen«, hörte ich Samuel sinnieren. »Die haben alle keinen Pimmel.«

»Ooooch, die aaarmen«, bestätigte Mäxchen und klang richtig traurig.

»Bitte nicht«, flehte ich lautlos in den Duschstrahl. Es war schon schwierig genug mit Sanne (Tante Ursula kommt uns bis heute nicht mehr besuchen, nur weil ich damals am Kaffeetisch aus Spaß ›fünf Millionen Mal‹ gesagt hatte).

Aber wenn zwei sehr willensstarke, sehr unnachgiebige, kleine Jungs anfangen, Fragen zu stellen, wird es schon beim Thema Feuerbekämpfung brenzlig. Wenn die jetzt alles über Männer und Frauen wissen wollen, dann bin ich überfordert.

»Mama, was machst du denn damit?«, will Mäxchen jetzt wissen, reißt die Tür der Duschkabine auf und hält ein Bündel Slipeinlagen in das fließende Wasser.

»Geht doch bitte beide mal aus dem Bad«, weiche ich aus und shampooniere wie besessen meine Haare.

»Sie klebt sie sich in die Unterhoooose«, beantwortet Samuel begeistert die Frage seines kleinen Bruders.

»Nein!«, ruft dieser fassungslos und betrachtet das nasse Bündel Always Ultra (extradünn und luftdurchlässig), das in seiner Faust wie ein verwelkter Strauß Magnolien aussieht.

»Wozu denn?«

»Keine Ahnung.«

»Und das hier? Was ist das, und was tut sie damit?«, höre ich wieder die Stimme von Mäxchen, der im Schrank weitere Mysterien der weiblichen Welt entdeckt hat. »Bitte, lass es kein Tampon sein«, bete ich leise. »Bitte.«

»Das steckt sie sich in die …« Samuel denkt kurz nach.

Ich drehe wild entschlossen den Wasserhahn zu. Meine Söhne sollen keine verklemmten Typen werden, sie sollen wissen, wie der weibliche Zyklus funktioniert. Das ist doch etwas ganz Natürliches, etwas Schönes, geradezu ein Wunder.

»… Ohren«, beendet Samuel gerade seinen Satz.

Tropfend komme ich aus der Dusche. Jetzt werde ich die beiden auf eine Tasse Kakao am Küchentisch einladen und ihnen dann sagen: »Kinder, hört mir zu. Ein Tampon ist ein Wattepfropfen, den sich die Frau … hmmmpf, also, einmal im Monat ist es bei einer Frau wie beim Mond, hm, hm, ihr wisst doch, Ebbe und Flut, ehem, und …«

Das, was Samuel in seiner Hand hält, ist aber gar kein Tampon, sondern ein Pärchen Oropax. Und die steckt man sich bekanntlich tatsächlich in die Ohren und nicht …

Ich kann nicht weiterdenken, denn ich werde intensiv angestarrt. Zwei kleine Jungs begutachten interessiert ihre nackte, tropfnasse Mutter. Zu interessiert! Hastig hülle ich mich in ein Badehandtuch.

»Warum haben Frauen keinen …«, fängt Samuel wieder an, doch ich unterbreche ihn.

»… weil er uns nicht zur Fortpflanzung dient«, gebe ich mich salbungsvoll. Klasse Antwort!

»Fortpflanzung?« Samuel ist sichtlich irritiert. »Wieso braucht man einen Bart, um sich fortzupflanzen?«

Du liebe Güte. *Warum haben Frauen keinen Bart*, wollte er wissen, nicht mehr und nicht weniger. »Manche Frauen haben ja einen«, sage ich erleichtert. »Genau«, bestätigt Mäxchen und nickt, »Tante Ursula zum Beispiel.«

»Ob die wohl auch einen Pimmel hat?«, fragt Samuel. Beide kichern hysterisch.

Ich flüchte in die Küche. Jetzt droht die Stunde der Wahrheit. So kann es nicht weitergehen. Her mit dem Kakaopulver. Wie fange ich an?

Soll ich es ganz biologisch aufziehen? Oder besser ein bisschen märchenhaft. Ich glaube, ich bleibe bei den Fakten.

»Wenn ein Mann eine Frau sehr lieb hat«, beginne ich wenig später, als zwei kleine Jungs vor zwei großen Tassen Kakao sitzen, »und die Frau den Mann auch sehr lieb hat, dann …«

(So ein Quatsch, Sex geht auch ohne Liebe, aber das würde jetzt den Rahmen am Küchentisch ein wenig sprengen und die Kinder überfordern und mich auch). Also weiter: »… dann gehen sie zusammen ins Bett.«

(Oder in den Heuschober oder ins Maisfeld oder in die Wäschekammer oder in den Fahrstuhl …). In meinem Kopf wirbelt es wild durcheinander. Ich will doch meine Jungs nicht mit Klischees behaften.

»Wieso gehen die dann ins Bett?«, fragt Samuel prompt. »Geht Tante Ursula auch mit jemand ins Bett?«

»Nee, die hat doch schon einen Bart. Dürfen wir jetzt Fußball spielen?«

»Klar«, rufe ich erleichtert. »Geht mal Fußball spielen!«

»Manchmal ist Mama komisch«, höre ich Max zu seinem Bruder sagen, und ich muss lachen.

Bei passender Gelegenheit werde ich meinen Söhnen mal etwas von Ebbe und Flut erzählen. Und dass wir Frauen gar nicht so arm sind.

49

Kann eine Frau zu viele Handtaschen haben?

Ja, kann sie. Findet zumindest Robert, mein modemuffeliger Ehemann. Wie ich zu dieser Frage stehe, habe ich hier für Sie aufgeschrieben.

Denn ich brauche ein bisschen mehr Platz als Robert, mit seinem ahnungslosen, unrichtigen »Ja«.

Ich werde etwas weiter ausholen (falls Robert oder ein anderes männliches Wesen rein zufällig diese Geschichte in die Hand bekommen sollte).

Tief im Unterbewusstsein eines jeden Menschen ist sein wahrer seelischer Zustand zu finden, der allerdings von vielen Ereignissen und Eindrücken verschüttet ist.

In dem verzweifelten Versuch, seinen Seelenzustand wiederzuerlangen, handelt ein Mensch manchmal auf eine Weise, die anderen unverständlich erscheint. So (oder so ähnlich) hat es neulich in einem Artikel anlässlich des Freud-Jahres gestanden. Sie wissen schon: Sigmund Freud, der berühmte Begründer der Psychoanalyse, ist vor hundertfünfzig Jahren geboren worden.

Doch auch er war ein Mann und hätte obige Frage gewiss mit einem nachdenklichen »Ja« beantwortet.

Nun habe ich etwas weit ausgeholt, denn was haben Herr Dr. Freud und seine rote Couch mit meinem Handtaschen-Tick zu tun?

Den ersten Punkt hätten wir da schon, denn wenn ich mit einer bordeauxroten Handtasche auf einem tomatenroten Sofa säße, fühlte ich mich unwohl.

So habe ich versucht, Robert zu erklären, warum ich mir diese entzückende rote Ledertasche mit Fransen kaufen MUSSTE.

»Vielleicht solltest du wirklich mal zum Psychiater gehen«, murmelt Robert und sieht mir nachdenklich in die Augen.

»Deine Pupillen weiten sich sogar, wenn du nur an Handtaschen denkst, und letzte Nacht hast du immer wieder ›Chloé-Bag‹ gemurmelt.«

»Siehst du«, antworte ich. »Mein Unterbewusstsein versucht, sich in meinen Träumen auszudrücken und mir mitzuteilen, dass ich dringend eine Chloé-Bag benötige.«

Das klingt doch ganz plausibel. Doch Robert schaut mich weiterhin nur an, als wäre ich nicht ganz richtig im Kopf.

»Ich habe keine Ahnung, was eine Chloé-Bag ist«, sagt er. »Ich weiß nur, dass du ungefähr fünfundzwanzig Handtaschen besitzt.«

»Es muss ja keine Chloé-Bag sein«, gebe ich nach. »Aber was ich wirklich, wirklich, wirklich in diesem Sommer noch brauche, ist eine Kelly-Tasche.«

»Ah?«, macht Robert und sieht ratlos aus.

»Du weißt schon«, helfe ich ihm auf die Sprünge. »Grace Kelly hatte sie.«

»Na und?«, sagt Robert. »Die ist doch schon längst tot.«

»Aber ihre Tasche ist unsterblich«, erwidere ich mit bebender Stimme, so ergriffen bin ich plötzlich von der schlichten Eleganz dieser Handtasche.

»Victoria Beckham besitzt gleich mehrere Modelle«, erkläre ich ihm, denn vielleicht setzt der Name Beckham etwas in seinem männlichen Unterbewusstsein in Bewegung, was sich produktiv mit meinem weiblichen Über-Ich verbinden könnte (wo wir doch schon bei Freud sind).

»Beckham«, murmelt Robert tatsächlich, und seine Augen leuchten. »Fußball!«, keucht er. Bravo! Volltreffer. Tooor!

»Genau«, lobe ich. »Aber Victoria ist die Ehefrau und spielt kein Fußball, sondern trägt Handtaschen. Nämlich Kelly-Taschen, und ich …«

Robert macht ein sorgenvolles Gesicht und seufzt.

Dann erzählt er mir ausführlich von Michael Ballacks Kapselzerrung am linken Knöchel. Ich wusste bis dato gar nicht, dass man im Knöchel Kapseln hat, die man sich auch noch zerren kann. Wer Michael Ballack ist, weiß ich auch nur, weil er Werbung für McDonald's, Adidas, Pepsi und Coca-Cola macht und nebenbei ganz gut aussieht.

Jetzt ist es Roberts Stimme, die vor Ergriffenheit bebt, als er mir zur Erinnerung zuflüstert: »Er ist Mannschaftskapitän.«

»Ach«, sage ich und täusche Interesse vor. »Spielt der gar kein Fußball mehr? Fährt der jetzt zur See?«

Robert stöhnt. Ich auch. Wie konnte ein Gespräch, das einen so inspirierten, interessanten Anfang genommen hat, so jämmerlich enden?

Fußball! Ich versichere Ihnen, dass ich nichts mehr ertragen kann, was rund oder schwarz-weiß ist. Darum möchte ich auch eine eckige, kantige Kelly-Bag haben. Als Selbstschutz sozusagen. Das hat gar nichts mehr mit verschüttetem Unterbewusstsein zu tun. Es ist einfach der gesunde Instinkt einer Frau, der die Fußball-WM auf die Nerven geht. Und das bereits seit vielen Wochen.

Es gibt in diesem Sommer also viele gute Gründe, sich eine neue Handtasche zuzulegen:

– zu Ehren von Sigmund Freud,
– wegen der vielen Fußbälle auf jedem Joghurtbecher,
– weil die Farbe »nude« gerade so trendy ist,
– weil die Männer es sowieso niemals verstehen werden
– und weil eine Handtasche so etwas wie eine beste Freundin ist, die man immer bei sich hat, auf die man sich verlassen kann, in der man immer ein Stück seiner eigenen Persönlichkeit wiederfindet.

Handtaschen sind einfach Balsam für die Seele. Neue Schuhe übrigens auch, aber darüber schreibe ich ein anderes Mal.

50

Ich wäre gern mal ein buddhistischer Mönch …

… denn der sitzt den ganzen Tag entspannt in seinem Kloster in Tibet herum und genießt den Ausblick. Ansonsten meditiert er ein wenig mit seinen Kollegen.

Mein Ausblick ist nicht besonders berauschend (ich blicke jedenfalls nicht auf schneebedeckte Berge). Und entspannt bin ich auch eher selten, also beschloss ich … nein, nicht, was Sie jetzt denken: Ich werde nicht einem Kloster beitreten und nie wieder Geschichten schreiben. Ich wollte lediglich ein wenig meditieren.

Dafür musste ich zunächst einmal shoppen gehen, denn wer sich in Meditation versenkt, der braucht bequeme Kleidung. Und ein bisschen attraktiv will man im Lotussitz ja auch aussehen.

Ich entschied mich für ein apfelgrünes Outfit. Sehr vital sah ich damit in der Umkleidekabine der Sportabteilung aus. Entschlossen, mich so schnell wie möglich, am besten auf der Stelle, in einen meditativen Zustand zu versetzen. Bevor dies jedoch passieren konnte, fiel mir ein, dass ich gleich noch einen neuen Fahrradhelm für meinen Sohn Max besorgen könnte, eine Packung Tintenpatronen für Sanne und …

Aber halt! Jetzt ging es nur um meine Entspannung. Jetzt war nur ich dran, nur ich dran, nur ich dran, nur ich dran. Wie meditativ sich das anhörte.

»Oooohmmmm«, summte ich vergnügt im apfelgrünen Outfit.

»Passt es?«, fragte die Verkäuferin und schob ihren Kopf durch den Vorhang.

»Ja-haaaa«, flötete ich.

»Steht Ihnen gut, dieser Yoga-Dress«, sagte sie.

»Yoga?«, fragte ich irritiert. »Damit kann man aber wohl auch meditieren, oder?«

Sie sah mich mit großen Augen an. »Haben Sie bereits Erfahrung?«

Ich räusperte mich. Bevor ich etwas sagen konnte, sagte sie: »Wenn Sie einen grauen Yoga-Anzug kaufen, bekommen Sie eine Gratis-CD dazu.«

»Schön«, rief ich hektisch, um mein Gesicht zu wahren. »Yoga-Anzüge kann man ja nie genug haben, nicht wahr?«, und dann kaufte ich das graue und das apfelgrüne Outfit und drei Flaschen Duschgel, auf denen »Wellness« draufstand. Falls ich beim Meditieren ins Schwitzen kommen sollte. Dermaßen gerüstet traf ich wieder zu Hause ein.

Ich konnte es gar nicht abwarten, endlich anzufangen, legte die CD in den Player, mich in Apfelgrün auf den Boden und lauschte den sphärischen Klängen, die wenig später durch das Wohnzimmer schwebten.

»Sie sind gaaaanz entspaaaannt«, versicherte mir ein netter Herr mit tiefer Stimme. »Sie aaatmen tiiiief in den Baaauch.«

Aber klar, mache ich doch gern. Sehen Sie, so einfach ist Meditation: Sie legen sich hin, atmen ein bisschen ein und aus, und schon … sind Sie eingeschlafen.

Als ich erwache, blicken drei Kinder auf mich herab.

»Sie schläft«, flüstert Max nicht gerade leise.

»Sie tut nur so«, verbessert Sanne.

»Warum hat sie diesen grünen Schlafanzug an?«, will Samuel wissen.

»Ich meditiere«, erkläre ich mit schlaftrunkener Stimme und steifem Nacken. »Du schläfst«, korrigiert Max mich trocken.

»Außerdem ist das eine Yoga-CD«, lässt mich Sanne wissen.

»Schön, dass ihr alle so gut Bescheid wisst«, melde ich mich wieder zu Wort und versuche aufzustehen. »Auf jeden Fall versuche ich, mich zu entspannen.«

»Dann leg dich doch ins Bett, da ist es bequemer«, rät Samuel.

Ich beschließe, wach zu bleiben und ein paar Yoga-Übungen zu machen. Wenn ich die CD doch nun schon mal habe. Meditieren kann ich später immer noch.

»Grätschen Sie die Beine«, befiehlt der Herr mit der tiefen Stimme. Ich gehorche. »Siranghustasana«, sagt er sanft. Nun, wenn er meint. Die Kinder haben auf dem Sofa Platz genommen und beobachten mich amüsiert.

»Sie senken den Oberkörper, heben die Arme hoooch über den Rücken, falten die Hände, neigen sich tiiiief und berühren mit der Nase den Boden.«

Ich gebe mir wirklich Mühe, aber mit Entspannung hat das gar nichts zu tun. In meinen Schulterblättern knirscht es, und mir tut die Nase weh, die eben ziemlich hart aufgekommen ist. »Siranghustasana«, sagt der Menschenquäler mit der tiefen Stimme wieder, und es klingt gar nicht mehr nett. Meine Kinder fallen fast vom Sofa, so lustig ist das, was ihre Mutter da veranstaltet.

»Und jetzt«, klingt es von der CD, »folgt eine Übung, die sich ›Der fliegende Hund‹ nennt. Sie recken das Gesäß hoooch in die Luft und …«

Das hätte er wohl gern. Mach ich aber nicht. Mit schmerzenden Armgelenken und gequetschter Nase bleibe ich auf dem Wohnzimmerteppich liegen. Ich muss mich erholen.

»Mama«, sagt Sanne sanft. »Das ist eine Yoga-CD für Fortgeschrittene.«

Ich keuche. Eigentlich wollte ich doch bloß ein wenig mönchartig meditieren. Wieso liege ich jetzt geschunden auf dem Boden herum? Irgendwas ist schief gelaufen. Mit meinem »Guarana-Wellness-Duschgel« verziehe ich mich ins Badezimmer. Duschen entspannt ja auch so herrlich. Wenn ich mich das nächste Mal entspannen will, gehe ich lieber gleich unter die Dusche.

Aber vielleicht melde ich mich für einen Yoga-Anfängerkurs an. Schließlich habe ich jetzt zwei Outfits. Ich werde Ihnen berichten.

51

Optimistin oder Pessimistin?

Wie würden Sie sich bezeichnen? Ich selbst würde mich nicht direkt als Pessimistin sehen, eher als »Drama-Queen«.

Das klingt nicht gar so düster. »Pessimisten« sind Leute, die trotz Sonnenschein und dreißig Grad im Schatten einen Mini-Regenschirm in der Handtasche haben.

Mir fällt gerade ein, dass ich auch immer einen dabei habe, das liegt aber eher daran, dass ich vergesse, ihn bei gutem Wetter herauszuholen. Außerdem sind Regenschirme ja auch ein guter Sonnenschutz. Es ist also eindeutig praktisches Denken, das mich leitet, und kein Pessimismus.

Auch wenn mir das im Familienkreise immer wieder vorgeworfen wird.

Als Sanne neulich eine Vier minus in der Mathematikarbeit nach Hause brachte, schlug ich mir – ganz Drama-Queen – die Hände auf die Stirn und wehklagte: »Deutschland wird in Arbeits- und Kinderlosigkeit versinken, und du schreibst solche Noten! Was soll nur aus dir werden?«

»Vielleicht übertreibst du ein wenig?«, fragte Sanne kühl. »Eine schlechte Note ist doch kein Weltuntergang!«

»Ha!«, rief ich und schlug mir erneut die Hände auf die Stirn. Meine Tochter sah das mit Sicherheit etwas zu gelassen.

Die Welt ist doch schon so bedroht. Denken Sie nur an den Regenwald, an das Ozonloch, an die bevorstehende Energie-Krise. Da muss man doch nicht auch noch schlechte Zensuren nach Hause bringen.

Das wollte ich meiner Tochter auch gerade sagen und mir abermals gegen die Stirn schlagen, aber sie war bereits guter Dinge aus dem Zimmer geschwebt.

Wo hatte sie diese völlig unangebrachte Leichtfertigkeit nur her? Ich brauchte nicht lange nachzudenken. Robert, der liebste Ehemann ist genauso.

»Nur die Ruhe«, sagt er zum hundertsten Mal, wenn wir auf dem Weg zum Flughafen im Stau stehen und ich vor lauter Nervosität die Riemen meiner Reisetasche zerkaue. »Das schaffen wir lässig.«

»In zwei Minuten ist Boarding!«, kreische ich und ringe am Rande des Herzinfarkts nach Luft. »Wir werden den Flieger verpassen, wir werden uns die ganzen Ferien versauen, wir werden nie wieder froh!«

»Hoho!«, macht Robert, froh wie der Weihnachtsmann. »Wer wird sich denn da so aufregen?«

Und erstaunlicherweise, völlig unerwartet, kommen wir dann doch immer noch rechtzeitig am Flughafen an. Meist reicht die Zeit sogar noch für eine Tasse Kaffee.

Ich trinke dann lieber Kamillentee und frage mich, ob es nicht ein Wink des Schicksals gewesen sein könnte, der diesen Stau auf die Autobahn gezaubert hatte, um uns davon abzuhalten, das Flugzeug, das ganz gewiss abstürzen wird, zu erreichen.

Nur hat Robert, der so unempfindlich für himmlische Botschaften ist, mit seinem dumpfbackigen Optimismus überhaupt nichts begriffen. Und wieder kaue ich gedankendüster an meiner Reisetasche.

Nun ja, abgestürzt sind wir bis dato jedenfalls noch nicht.

»War ja klar«, sage ich, wenn mir mein Honigbrot mit der klebrigen Seite nach unten auf den Fußboden fällt. »Habe ich auch gar nicht anders erwartet«, sage ich, wenn ich wieder null Richtige habe.

»Immer ich«, mosere ich halblaut, wenn die Wahl des Elternsprechers auf mich gefallen ist, obwohl ich mich gar nicht aufstellen lassen wollte.

Wenn meine Söhne husten, stehen sie kurz vor einer Lungenentzündung. Wenn meine Tochter nicht pünktlich aus der Schule kommt, ist sie wahrscheinlich entführt worden.

Wenn meine Schwiegermutter anruft, will sie uns bestimmt am Wochenende besuchen.

Wenn ich das Haus verlasse, brennt sich ganz sicher gerade das Bügeleisen durch den Teppich, und alle zehn Rauchmelder in unserer Wohnung piepen wie verrückt. Nur ich kann es nicht hören, denn ich bin ja hundert Meter entfernt. Aber nicht mehr lange.

»Entspann dich«, rät mir Marie, meine beste Freundin.

»Ich bin entspannt«, verteidige ich mich. »Ich bin nur wachsam.«

»Du bist eine hysterische Drama-Queen«, widerspricht sie liebevoll. »Immer machst du dir Sorgen um nichts.«

»Ja aber …?, versuche ich ihr meine mütterliche, weitsichtige, wachsame Lebensauffassung zu erläutern. Aber sie hört nicht zu.

»Wann ist dir denn das letzte Mal eine Wohnung abgebrannt? Wann hast du einen Flieger verpasst? Wann wurdest du in einem Park überfallen?«, will sie wissen.

»Tja-haa«, mache ich überlegen. »Ich achte ja auch darauf, dass all das nicht passiert.«

»Nee«, sagt Marie. »Du machst alle verrückt und zerkaust die Lederriemen deiner Handtaschen.«

»Ja aber«, sage ich wieder, doch Marie unterbricht mich. »Wende dein Gesicht der Sonne zu, und du lässt die Schatten hinter dir.«

Ich stutze. Hm? Der Sonne zu? Das klingt hübsch.

»Eine Weisheit aus Afrika«, erklärt mir Marie.

Also gut, ich werde es versuchen. Und sollte eine Leserin unter Ihnen auch Drama-Queen, Gluckenmutter und Unke in einem sein, dann probieren Sie es doch auch mal mit der afrikanischen Sonne.

Aber vergessen Sie den Schutzfaktor fünfzig nicht. Sonst gibt es einen bösen Sonnenbrand.

52

Wer schön sein will, hat's ungemütlich …

Haben Sie auch schon mal die berühmten Damen bewundert, die auf hohen Absätzen über den roten Teppich tippeln, mit tiefen Dekolletés?

Hach, einfach toll sehen die aus, obwohl Sigourney Weaver bei der Berlinale beinahe der Busen herausgehüpft wäre. Aber das gehört irgendwie dazu. Haargenau beobachte ich all dieses durchgestylte Treiben, während ich in einem Schlabber-Pyjama auf dem Sofa liege und von Zeit zu Zeit eine Hand voll Erdnüsse in meinen ungeschminkten Mund rieseln lasse.

Ich mag es für mich selbst lieber »leger«, so wird es in den Modekatalogen bezeichnet. »In diesem flotten Outfit aus kuscheligem Frottee-Stoff können Sie zu Hause wunderbar relaxen«, steht auch gern dabei. »Relaxen« klingt anspruchsvoll, und es ist die verkaufsfördernde Umschreibung für »rumgammeln« und »vor dem Fernseher liegen, Erdnüsse knabbern und sich über die zu hohen Absätze einer namenlosen Filmschönheit kaputtlachen.«

Neulich war ich dann doch ein bisschen betroffen, nachdem Emma Thompson unendlich schön und souverän im Fernsehen zu sehen war. »Auch nicht mehr die Jüngste und trotzdem so toll«, dachte ich mir und warf dabei einen nachdenklichen, leicht irritierten Blick auf die ausgebeulten Knie meines Relax-Outfits. Wie oft sie ihre Beine rasiert, ist eben auch das haarige Geheimnis der Hosenträgerin. Hm«, dachte ich, »vielleicht sollte ich mir mehr Mühe geben.«

Wie zeitaufwändig es allerdings ist, eine durchgestylte, gepflegte und dann noch ausgeglichene Person zu sein, werden Sie jetzt zu lesen bekommen:

Ich beginne bereits am Vorabend mit dem Rasieren der Beine (geht ziemlich schnell und bis auf das bisschen Blut, das über mein Schienbein läuft, sehen meine Beine gleich viel besser aus). Punkt eins wäre also erledigt.

Dann beschäftige ich mich eine Weile mit meinen Füßen, rubbel', scheuer', schnippel' – und als es an die zweite Schicht des kirschroten Nagellacks geht, klopft es an die Badezimmertür. Ein Kind! Irgendeins meiner Kinder, das jetzt dringend ins Bad muss. Wie immer eigentlich. Ich humpele mit gespreizten Zehen zur Tür, öffne, und da steht Robert, der liebste Ehemann.

»Du steckst da seit einer geschlagenen Stunde drin, und ich wollte nur mal sehen, ob du dich in der Duschkabine verklemmt hast.«

Ha, ha. Wie nett von ihm. Ha, ha, und so witzig formuliert.

»Bin gleich fertig«, murmele ich und schließe die Tür, bevor er noch mehr lustige Sachen sagen kann. Dann lackiere ich endlich meine Fußnägel fertig, stolpere über den Badezimmervorleger und kann noch mal von vorn beginnen. Das Endergebnis würde nicht besonders gut in einen goldenen Stiletto auf rotem Teppich passen: Meine Zehen sind rot verschmiert, trotz des vielen Nagellackentferners, den ich in aller Eile auftragen musste. Nun sehen meine Füße aus, als hätte ich sie in einer Tür gequetscht, und unbefriedigt verlasse ich das Badezimmer, um schlafen zu gehen. Zum einen fördert Schlaf die Erneuerung der Hautzellen (kann ich gut gebrauchen), zum anderen muss ich morgen eine halbe Stunde früher aufstehen, um meine Haare zu frisieren. Immer und ewig derselbe Pferdeschwanz, damit ist jetzt Schluss. In zehn Jahren bin ich fast fünfzig, da muss ich schon mal in Übung kommen mit der anspruchsvolleren Körperpflege.

»In 10 Jahren bin ich fast fünfzig«, murmele ich immer wieder und kann dann vor lauter Schreck gar nicht mehr einschlafen. Außerdem drücken mich die Lockenwickler, die ich mir noch schnell ins Haar gedreht habe. »Wie siehst duuuuuu denn aus?«, haben die Kinder am Abendbrottisch gejohlt.

»Wartet nur ab«, habe ich gedacht, »morgen bin ich eine Filmschönheit.«

Der nächste Tag kam, ich hatte schlecht geschlafen, mir des Nachts die Lockenwickler herausgerissen, nur der eine hing mir noch, in schätzungsweise neuntausend Haare geknotet, über die Stirn. Müde schlich ich ins Bad und begann, mit Kamm und Föhn gleichzeitig zu hantieren. Der heimtückische Lockenwickler wollte nicht loslassen, an die Badezimmertür hämmerten drei hungrige Kinder, deren Pausenbrote noch nicht geschmiert waren, mein Magen knurrte nach Kaffee, und ein Blick in den Spiegel sagte mir, dass ich eine Weile brauchen würde, um wieder alltagstauglich auszusehen.

Resigniert griff ich zur Zahnbürste.

Und was ist aus dem Lockenwickler geworden, werden Sie wissen wollen?

Mit einem Griff zur Schere habe ich das Problem gelöst, denn inzwischen warf sich der liebste Ehemann beunruhigt gegen die Badezimmertür. Wahrscheinlich in dem unerschütterlichen Glauben, dass ich mit gebrochenem Bein in der Duschkabine festklemmte und er mich retten müsste.

Seit diesem denkwürdigen Tag trage ich also eine kesse Ponyfrisur. Die hat zwar auf dem roten Teppich keiner gehabt, aber vielleicht entpuppe ich mich ja auch noch als Stil-Ikone? Hier also mein avantgardistischer Trendsetter-Tipp aus der Szene-Stadt Berlin:

Man trägt Jeans, Pulli und Stiefel, dazu einen schief geschnippelten Pony und nicht mehr als einen Hauch Lippenstift und Wimperntusche. Wenn Sie dann an der linken Hand ein kleines Kind und an der rechten Hand eine Einkaufstüte hängen haben und abends im Gammel-Look fernsehen, dann sind Sie wirklich absolut »hipp«! Glauben Sie mir!

53

Was wir von Kindern lernen können

Ich finde: Kinder-Streit hat so etwas Direktes und Unverfälschtes. Da wird ganz laut getobt, geschimpft und mit den Füßen aufgestampft …

Und eine Minute später ist bereits alles wieder vergessen und vergeben. Das erlebe ich täglich.

»Ich hatte den roten Kipplaster!«, kreischt Samuel aus dem Kinderzimmer.

»Nö, ich!«, brüllt Max.

»Gib ihn mir wieder!«

»Neiiin!« Ein dumpfer Schlag wird hörbar.

»Kreisch!« Noch ein dumpfer Schlag.

Doppel-»Kreisch«.

Ich eile ins Kinderzimmer. Zwei erhitzte, kleine Jungs balgen sich auf dem Fußboden und beschimpfen sich unflätig. Nun gilt es, mütterlich zu schlichten.

»Wer hatte den Traktor zuerst?«, forsche ich. Plötzlich herrscht Stille. Beide Söhne blicken mich voller Verachtung an.

»Mama!«, sagt Samuel vorwurfsvoll. »Das war doch kein Traktor.«

»Phhh«, macht Max. Die Brüder blicken sich an, kichern über ihre dumme Mama und sind ein Herz und eine Seele. Als ich wenig später weiteres Gebrüll aus dem Kinderzimmer vernehme, halte ich mich zurück und lausche. »Du hast meine Baustelle kaputtgemacht, du Eierloch!«

»Selber Eierloch!«

»Gar nicht, du Blödeimer!«

»Selber Blödeimer!«

»Gar nicht …«

So geht es noch eine Weile hin und her. Ein Gegenstand fliegt aus der Kinderzimmertür und landet im Flur. Es ist der rote Kipplaster, mit dem wohl keiner mehr spielen will. Ich ignoriere den Tumult.

Nach einer Weile wird es still, Eierloch und Blödeimer haben sich beruhigt, am Abend teilen sich die beiden feierlich den letzten Erdbeerjoghurt, als hätte es niemals einen Misston zwischen ihnen gegeben. Da könnten wir Erwachsenen uns mal eine Scheibe abschneiden, von dieser spontanen Art der Auseinandersetzung.

Wenn Ihr Chef das nächste Mal kurz vor Feierabend wieder mit einer Extra-Aufgabe kommt, dann hauen Sie sie ihm mal auf den Kopf und rufen: »Mach doch selbst, du Eierloch!«

Das wäre wenigstens direkt und unverfälscht.

Die Frage ist nur, wie reagiert er? Wenn er zurückhaut und kreischt: »Selber Eierloch!«, dann würde das einem wunderbaren Arbeitsklima entgegenkommen, doch wir Erwachsenen sind nicht so direkt.

»Aber gerne!«, flöten wir in solchen Situationen stattdessen und hoffen feige, dass der Chef das Knirschen unserer Zähne nicht hört.

»Ist ja nicht so schlimm«, sage ich der Nachbarin, die vergessen hat, meine Balkonpflanzen zu gießen, als ich im Urlaub war.

Dabei denke und fühle ich etwas ganz anderes. Am liebsten würde ich ihr den vergesslichen Hals umdrehen, denn es waren meine Lieblingsgeranien in Lachsrosa, die jetzt aussehen wie verblichene Strohblumen vom Vorjahr. Oder wenigstens in den Arm würde ich sie gern zwicken.

Aber, da fällt mir gerade noch rechtzeitig wieder ein, dass ich meinen Söhnen immer Gewaltfreiheit nahelege. Wie könnte ich der Nachbarin diskret gegen das Schienbein treten, während ich auf dem Spielplatz Friedfertigkeit predige? Wir sind schließlich zivilisiert, oder?

»Man haut sich nicht!«, rufe ich, während Samuel mit erhobener Buddelschippe einem kleinen Jungen hinterhertrabt. »Mach ich ja gar nicht«, erwidert Samuel entrüstet. »Ich bin sein Bodyguard.«

»Oh, Verzeihung.« Da sieht man es mal wieder. Ich wollte ihm etwas unterstellen. Der liebe, kleine Sohn ist ja so friedlich. Meine gute Erziehung beginnt zu fruchten. Kurz darauf hat Samuel den Jungen eingeholt und scheppert ihm die Schippe auf den Kopf.

»Samuel«, kreische ich quer über den Spielplatz. »Ich denke, du bist der Bodyguard!«

»Der hat Mittagspause!«, ruft mein gewalttätiger Sohn grinsend. »Jetzt war ich gerade der Räuber.«

Der überfallene kleine Junge greift seinerseits zur Schaufel und zieht sie Samuel über den Rücken. Dann balgen sich beide schnaufend, als ginge es um die Familienehre. Eine Minute später sehe ich sie lachend, Hand in Hand, zur Rutsche hüpfen, wie in einer Werbung für Sahnebonbons. Ich beneide sie um diese Unkompliziertheit.

Dem Bankangestellten von der Kreditabteilung möchte ich auch gern mal ein Schippchen auf den Kopf hauen, meiner Schwiegermutter die Zunge raus strecken und dem ewig meckernden Hauswart ein Bein stellen. Es soll ja nicht schmerzhaft sein oder bluten.

Nur so ein kleines, spontanes »Verzieh dich doch, du Breitmaulfrosch« an den Fahrkartenkontrolleur und einen wütenden Schubser für den Ehemann, der den Hochzeitstag vergessen hat.

So richtig gut würde das jedem tun.

Vielleicht würde man hinterher mit dem Herrn von der Kreditabteilung ein nettes Bier trinken gehen, weil man ja seinen Dampf abgelassen hat.

Ich habe ihn gehauen, er hat mich getreten, und nun wenden wir uns entspannt den Fakten zu.

Es soll ja Leute geben, die haben seit Jahren mit einer ehemals guten Freundin kein Wort mehr gesprochen, weil es einmal irgendein Missverständnis gegeben hat, wobei keiner mehr genau weiß, um was es damals gegangen war.

Das kommt mir auch nicht gerade sehr zivilisiert vor.

Nehmen wir uns ein Beispiel an den Kindern: Sie reagieren unmittelbar! Und verzeihen sofort. Das scheint ein menschlicher Wesenszug zu sein, der sich mit den Jahren verwächst. Eigentlich schade, oder?

54

Oh Gott, wie sehe ich denn aus?

Kennen Sie das Ikea-Phänomen? Auf den Katalog-Bildern liegt auf dem karierten »Erkström«-Sofa eine zerfledderte Zeitung. Auf dem Boden stehen ein Paar Gummistiefel und eine Teekanne …

Daneben hockt aus dekorativen Zwecken ein dicker Kater. Und das alles wirkt in keinster Weise unordentlich. Es sieht eher heimelig und lebendig aus. Wenn bei mir zu Hause Gummistiefel, Kannen und Kater rumliegen, sieht das allerdings ganz anders aus.

Mit der Mode geht es mir nicht anders. Neulich habe ich mir einen wunderschönen Pullover aus einem Katalog bestellt. Jedenfalls sah er wunderschön an dem blutjungen Mädchen aus, das ihn mit strahlendem Lächeln an einem weißen Sandstrand präsentierte. An mir sah er eigentlich nur aus wie – ein ganz normaler, leicht lappiger Pullover mit etwas kindischen Streifen darauf, die auf dem Bild noch so frisch und maritim gewirkt hatten. Was ja auch am Sandstrand gelegen haben könnte. Oder an der Jugend des Models.

Ich stand also mit diesem Ringelpulli vor dem Spiegel, im Hintergrund wogte keine tropische Palme, nur der staubige Gummibaum, der gerade ein vertrocknetes Blatt zu Boden fallen ließ. Und ein zusammengeklapptes Bügelbrett war zu sehen. Ich seufzte schwer.

Warum sieht Julia Roberts im gepunkteten Kleid allerliebst aus? Und ich sehe im gepunkteten Kleid aus wie meine Oma?

Vor kurzem stürmte ich in eine Boutique. »Ich möchte genau das Outfit anprobieren, das Ihre Schaufensterpuppe trägt«, rief ich wild entschlossen.

Mit einer steifen Plastikpuppe würde ich es ja wohl noch aufnehmen können.

»Größe 36?«, fragte die Verkäuferin skeptisch und machte schmale Augen.

»Ja«, log ich laut, denn jetzt wollte ich es wissen.

Keuchend kletterte die Frau ins Schaufenster und begann die Puppe zu entkleiden. Ganz schön dünn war die! Größe 36? Das würde mir nie im Leben passen, aber nun gab es kein Zurück. Wenig später stand ich in der Umkleidekabine und zwängte mich in die Puppenhose.

Na, es klappte doch, wenn ich sie nun noch über die Hüften ziehen könnte – dann hätte ich nur noch den Knopf zu schließen, der mir sehr weit entfernt vom dazugehörigen Loch auf der anderen Seite schien. Dazwischen waberte mein Bauch wie ein welliges Meer.

Energisch hielt ich den Atem an, zog und zerrte und bekam die Hose zu. »Ha!«, rief ich triumphierend.

Der Vorhang der Umkleidekabine teilte sich, und der Kopf der Verkäuferin schob sich herein. »Ich habe vergessen Ihnen zu sagen, dass die Hose Größe 40 ist, das Jäckchen ist 36!«

Wie erstarrt blicke ich in ihr bewegungsloses Gesicht, das gleich darauf schon wieder verschwunden war.

Erschüttert versuchte ich mich auf den winzigen Hocker zu setzen, aber die Hose war zu eng. Die Hose in Größe 40, die ich für eine 36er gehalten hatte!

Bevor der Knopf abspringen konnte, zog ich mich wieder aus, schlüpfte in meine alten Sachen und verließ geschockt die Kabine.

»Passt es?«, rief die Verkäuferin.

»Nein!«, murrte ich und wollte gerade das Geschäft verlassen, da sah ich eine Frau, die sich soeben ein todschickes Outfit zusammenstellte. Ich stellte mich hinter eine Säule und beobachtete, woher sie die Sachen geholt hatte. Das wollte ich auch haben!

Betont lässig schlenderte ich vorüber, grabschte dann gierig nach Blazern, hängte mir Hosen in 38 (es soll ja noch Wunder geben), 40 (wenn ich ehrlich bin) und 42 (das kann ich mir neuerdings überhaupt nicht erklären) über den Arm und eilte siegessicher in meine Kabine zurück.

Das würde mein neuer Look werden. Bei der Frau hatte es umwerfend ausgesehen.

Kurz darauf stand ich vor dem Spiegel und sah mich im karierten Blazer. Hm, gewöhnungsbedürftig. Und die weite Hose (in 42!), die war irgendwie zu weit, leider nicht am Bund, sondern an den Hosenbeinen.

Warum sah die Frau eben damit aus wie Marlene Dietrich auf der Yacht? Und ich? Ich sah aus wie Clown Bimbo auf der Flucht.

Frustriert verließ ich die Boutique, und als ich von draußen einen letzten Blick ins Schaufenster warf, sah ich die dünne Schaufensterpuppe von eben, die inzwischen neu eingekleidet worden war.

Sie trug einen dunkelblauen Hosenanzug mit weißer Leinenbluse. Das würde mir doch bestimmt gut stehen. Auch ohne Sandstrand im Hintergrund.

Ich war bereit, einen letzten Versuch zu wagen und ging zurück in die Boutique.

»Ich möchte genau dieses Outfit!«, sagte ich der Verkäuferin mit den schmalen Augen.

»Das hängt alles da drüben«, antwortete sie. »Gibt es auch noch in Größe 44.«

Also, jetzt übertrieb sie aber! Wenig später stand ich vor dem Spiegel.

Die Hose war mir zu kurz, die Bluse spannte.

Die Frau mit dem Marlene-Dietrich-Outfit stellte sich neben mich. »Sieht ganz nett aus«, sagte sie lächelnd. »Aber am hübschesten fand ich Sie in Ihrem Ringelpulli, der ist ja wirklich allerliebst. So frisch und maritim.« Sie senkte die Stimme. »Wo haben Sie den denn her?«

Da habe ich dann sehr gelacht und erkannt, dass andere Leute vielleicht auch mein chaotisches Wohnzimmer heimelig und lebendig finden würden. Es ist alles eine Frage des Blickwinkels!

55

Meine Kinder lieben Musik – oder Krach?

Das Herz einer jeden Mutter schlägt höher, wenn ihr Kind ein Interesse an Musik entwickelt. Doch bedeutet Interesse noch lange nicht Talent …

Das ist die schmerzliche Erfahrung, die ich vor kurzem machen musste. Und von »Musik« konnte auch keine Rede sein, als Sanne, mit ihrer Blockflöte bewaffnet, um die Ecke bog, sich vor dem Sofa aufbaute, auf dem ich gerade für fünf Minuten die Augen schließen wollte, und verkündete: »Ich spiel' dir jetzt was vor!«

Es war eher eine Warnung als eine Ankündigung. Denn alles, was aus der unglückseligen Flöte herauskam, waren sehr schräge Klänge, die mir in den Gehörgängen brannten. Mit aufgeblähten Backen und rotem Kopf pustete Sanne, was das Zeug hielt.

»Schön, Sanne«, lobte ich, denn man soll Kinder immer loben. Und schließlich war es besser, sie flötete hier herum, als dass sie auf der Straße Scheiben einschmiss.

»Das war eine Eigenkomposition«, erklärte Sanne nach Atem ringend »Und jetzt spiele ich ›Fröhliche Weihnacht überall‹!«

»Es ist Sommer«, wollte ich einwenden, aber es war schon zu spät. Der erste schrille Ton zerriss die Stille des Wohnzimmers, und viele weitere folgten. Meine Hoffnung, dass ›Fröhliche Weihnacht überall‹ vielleicht besser klingen würde als Sannes Eigenkomposition, wurde schnell zunichte gemacht. Doch mit der Tapferkeit einer Mutter, die ihrem Spross nur das Beste wünscht, hielt ich durch.

»Fertig«, keuchte Sanne nach einer Ewigkeit. Ein bisschen Spucke tropfte aus der Flöte.

»Vielleicht solltest du mehr üben?«, fragte ich und massierte mir die schmerzenden Schläfen.

»Wieso? Hat es dir nicht gefallen?« Mit weit aufgerissenen Augen starrte mich Sanne an. »Jetzt nur nichts falsch machen«, mahnte meine innere, erzieherische Stimme. Wenn ich jetzt etwas Falsches erwiderte, würde ich ihr den Spaß an der Musik nehmen. Sie würde in vielen Jahren bei einem Psychiater auf der Couch schluchzen, dass ihre Mutter an einem Nachmittag im Sommer den musischen Keim in ihr erstickt hatte und dass sie deswegen … nein!

Hastig antwortete ich also: »Doch, Sanne, wundervoll. Aber vielleicht wäre es hilfreich, wenn du versuchen würdest, Noten zu lesen.«

»Ich brauche keine Noten«, erklärte mir Sanne hoheitsvoll. »Ich mach' das aus dem Bauch heraus.«

Müde sackte ich wieder in meiner Sofaecke zusammen und machte mir Gedanken über die Blockflöte. Was wird aus all diesen Blockflöte spielenden Kindern, die jahrelang ihre Eltern mit fiesen Tonlagen gequält haben?

Die »Jingle Bells« und »Hoch auf dem gelben Wagen« geschrillt und der Zuhörerschaft Schweißausbrüche und Kopfschmerzen beschert haben?

»Die Blockflöte ist ein Einsteiger-Instrument«, erklärte mir Sannes Musiklehrerin wenig später. »Sie erweckt die Lust zu musizieren, später wird dann häufig aufs Klavier umgestiegen!«

»So, so, Klavier«, murmelte ich verstört, denn in unser Wohnzimmer passt nun wirklich kein Klavier. Ganz abgesehen von den ewigen Tonleitern. Dann hatte die Lehrerin noch von Sannes Talent gesprochen, und ich fragte mich, wo sie das nun wieder her hatte. Von mir jedenfalls nicht. Ich bin froh, wenn ich eine Geige von einem Kontrabass unterscheiden kann, und Blockflöte habe ich nie gespielt. Ich kann mich jedenfalls nicht dann erinnern.

Neulich kam Samuel mit leuchtenden Augen in die Küche, öffnete den Schrank und holte alle Töpfe heraus. »Ich werde mal ein

Schlagzeuger«, unterrichtete er mich. Dann griff er zum Rührlöffel, schepperte auf meine Suppentöpfe und misshandelte die Salatschleuder. War das jetzt auch ein musisches Talent, fragte ich mich panisch, oder war es nur ein Anflug von Krachmacherei?

»We will, we will rock you …« kreischte Samuel und prügelte erbarmungslos auf den Spargeltopf ein. Nun hatte ich also bereits zwei Kinder, die sich für Musik interessierten. War ein Schlagzeug vielleicht auch ein Einsteiger-Instrument? Und was sollte nun noch alles im Wohnzimmer herumstehen? Vielleicht eine Orgel und ein chinesisches Glockenspiel? Wäre nicht die kleine Triangel, dezent in der Speisekammer geübt, das bessere Instrument? Immer nur derselbe Ton und auch gar nicht so laut!

Während Sanne und Samuel lautstark eine musikalische Zusammenarbeit besprachen (»Du darfst aber nicht so laut schlagzeugen«, hörte ich Sanne gerade gegen Samuels Trommelwirbel anschreien, »sonst hört man ja meine schöne Flöte nicht mehr!«), kam mein jüngster Sohn Max dazu. Ein drittes an Musik interessiertes Kind wäre einfach zu viel für meine Nerven. Und vor allem für mein Trommelfell. »Nicht noch eine Trommel«, dachte ich erschöpft.

»Was für ein Krach«, beschwerte sich Max, und dankbar nahm ich ihn auf den Schoß. »Willst du auch ein Instrument spielen?«, fragte ich vorsichtig und sah vor meinem geistigen Auge bereits ein Saxophon durch die Luft schweben, aus dem quäkende Geräusche klangen, oder vielleicht eine – hier stockte mir der Atem –, eine Harfe.

»Nö«, unterbrach Max meinen albtraumhaften Gedankengang. »Ich werde Tiefseetaucher.«

»Wie schön«, lobte ich, denn das war doch mal eine gute Idee. Tiefseetauchen ist schön leise. »Und deswegen«, fuhr Max fort, »hätte ich gern ein Aquarium und eine Schnorchel-Ausrüstung. Zum Üben.«

Ich werde Ihnen berichten, was sich in nächster Zeit so alles in meinem Wohnzimmer ansammeln wird. Denn es ist wichtig, die lieben Kleinen zu fördern.

56

Die ungeschminkte Wahrheit …

Mal ganz ehrlich: Wie sehen Sie aus, wenn Sie glauben, Sie wären mit sich und der Welt allein? So wie immer?

Also, ich nicht. Wenn ich mich allein glaube, klebe ich mir ein Hautreinigungs-Pflaster auf die Nase und Feuchtigkeit spendende Halbmonde unter die Augen. Ich knote mir die Haare am Hinterkopf zusammen und schlüpfe in einen verbeulten Hausanzug. Dermaßen ausgerüstet fühle ich mich wie im siebten Himmel. Manchmal trinke ich auch gern einen schönen Tee, aus meiner Lieblingstasse, auf dem Balkon. Dann ist das Glück vollkommen. So auch neulich …

Die Sonne schien, die Kinder spielten friedlich, an meinem Hinterkopf klebte ein schiefer Knoten, und ich war glücklich. Nun noch schnell einen Tee gekocht und mit dem neuen Buch hinaus auf den Balkon.

Doch als ich fröhlich summend den Küchenschrank öffnete, sah ich, dass es keine Teebeutel mehr gab, und auf Kaffee hatte ich keine Lust und deswegen – und jetzt beginnt die eigentliche Geschichte, die ich erzählen will … Also: Deswegen beschloss ich in einem Anfall von Leichtsinn, schnell in den Supermarkt an der Ecke zu gehen, um mir meine Lieblingssorte Rooibos-Vanille zu besorgen.

»Bin gleich wieder da!«, rief ich ins Kinderzimmer, zog mir eine Hose über den Hausanzug und eilte auch schon die Treppe hinunter. Vorher hatte ich natürlich noch die Feuchtigkeitspads unter den Augen entfernt.

Strammen Schrittes ging ich los, niemand beachtete mich. »Man muss schließlich nicht immer gestylt durch die Gegend laufen«, dachte ich mir gerade, »ein bisschen Natürlichkeit hat noch keinem geschadet.« Und dann geschah es: Ich lief direkt in die Arme von Nathalie!

Nathalie ist wohl das, was man als eine Erzfeindin bezeichnen kann. Sie hat mich schon meine ganze Kindheit hindurch verfolgt. Sie hatte die blonden Locken, ich hatte das braune Schnittlauch-Haar. Sie bekam die Hauptrolle im Schultheater, ich durfte den Vorhang auf- und zuschieben. Sie hatte den ersten Freund, ich hatte eine Zahnspange.

Sie verstehen, was ich meine? Und diese Nathalie, die ich glücklicherweise seit Jahren nicht mehr gesehen hatte (sie soll in Paris leben), stand nun leibhaftig vor mir. Die Locken so blond wie eh und je, dezent geschminkt, in eine Duftwolke gehüllt. Und was sie trug, sah mir verdächtig nach Chanel aus.

»Ach, Tanja, bist du das?«, rief sie, als ich gerade mit abgewandtem Kopf an ihr vorbeischleichen wollte. Natürlich war ich es – im Nachmittags-Kuschel-Look auf dem Weg in den Supermarkt. Alles nicht sehr glamourös.

»Ich war ja ewig nicht in Berlin«, fing sie auch schon an zu zwitschern. »Und wem laufe ich in die Arme? Der guten, alten Tanja! Mon Dieu! Du hast dich ja überhaupt nicht verändert, die paar Fältchen um die Augen haben wir doch alle. Hahaha!«

Während sie glockenhell lachte, blieb um ihre Augen alles glatt, so als wäre sie noch fünfzehn. Verzweifelt schob ich an meinem Haarknoten herum, aus dem sich einige Strähnen gelöst hatten und mir ins ungeschminkte Gesicht fielen. Ich wusste einfach nicht, was ich sagen sollte. Und dann senkte sich Nathalies Röntgenblick auf meinen verblichenen Hausanzug und die darüber gezogenen Jeans, die sich ausbeulten, als wöge ich hundert Kilo.

»Hast du Kinder?«, fragte sie, »oder bist du vielleicht gerade – wie sagt man auf Deutsch? Schwanger?«

In meinem Kopf flogen die Gedanken durcheinander. Sollte ich dieser dummen Gans jetzt erklären, dass sie dabei war, mir meinen Kuschelnachmittag – wie sagt man auf Deutsch – zu versauen? Nachdenklich war ihr Blick an meinen nackten Füßen hängen geblieben, die in schwedischen Holz-Clogs steckten und neben ihren zierlichen Leder-Riemchensandalen wie trampelige Bauersfrauenfüße aussahen. Wie die Mama von Klein Michel aus Lönneberga kam ich mir vor – falls Sie die kennen. Und da ich überhaupt keine Lust hatte, mich auf offener Straße zu rechtfertigen und dabei auf meine Teestunde auf dem Balkon zu verzichten, beschloss ich, alles noch schlimmer zu machen.

»Ja!«, rief ich also froh. »Ich bin schwanger mit dem achten Kind. Mein Mann Björn und ich leben in Schweden auf einem kleinen Bauernhof, mitten in der Einsamkeit der Wälder.«

Ich sah Nathalie unter ihrer Schicht Make-up erbleichen.

»Quelle horreur«, zischte sie.

Ich denke, dass es abwertend gemeint war, und umso mehr Spaß machte mir das Spiel jetzt. Also fuhr ich fort.

»Wir besuchen gerade meine Eltern, die uns ein bisschen Geld schenken, weil es bei uns vorn und hinten nicht reicht. Obwohl ich auf dem Wochenmarkt von Vimmerby gehäkelte Topflappen verkaufe und natürlich unsere selbst gemachte Wurst. Es gibt doch nichts Schöneres als gute Blutwurst. Wir schlachten natürlich selbst.«

Nathalie lächelte schief. Und ich fuhr fort: »Und jetzt muss ich gehen, meinen Kindern Eintopf kochen und Topflappen häkeln und Björn beim Holzschuhschnitzen zusehen. Auf Wiedersehen, Natter, äh, Nathalie. Smörrebröd, god Jul!«

Und mit diesen Worten polterte ich mit meinen Clogs an ihr vorbei in den Supermarkt, wo ich mich vor dem Teeregal erst mal vor Lachen ausschütten musste. Wenig später saß ich dann endlich auf dem Balkon, trank eine große Tasse aromatischen Rooibos-Vanille-Tee und las meinen Kindern Astrid Lindgrens Geschichten vom kleinen Michel aus Lönneberga vor, die mich immer wieder sehr inspirieren …

57

Männer können echt stören ...

Man ist es ja gewöhnt, von Kindern unterbrochen zu werden. Die beste Freundin ist da, der Kaffee dampft, die Erdbeeren leuchten auf dem Kuchen, alles ist wunderbar ...

Natürlich hören die lieben Kleinen jetzt nicht auf, irgendwelche Bedürfnisse zu haben. Mama hier, Mama da. Das übliche Programm. Daran ist man gewöhnt. Man trinkt einen Schluck Kaffee, steht auf, um einen Schlumpf aus der Kloschüssel zu fischen. Setzt sich wieder, um kurz darauf einen Streit zwischen zwei erhitzten kleinen Rittern zu schlichten, die um ein grünes Gummibärchen kämpfen. Und dazwischen versucht man, den Gesprächsfaden mit der Freundin wieder aufzunehmen. All das ist nichts Neues. Wenn aber ein erwachsener Lebenspartner am Nachmittag durch die Wohnung schleicht, weil er gerade Urlaub hat oder krank ist, dann ... aber lesen Sie selbst:

Ich war letzte Woche bei Marie eingeladen. Ich brachte Kekse und meine drei Kinder mit, Marie öffnete die Tür.

»Sven ist da«, zischte sie warnend, und da kam er auch schon herein, Maries Ehemann, zurzeit im Urlaub und mächtig gelangweilt.

»Darf ich dir aus der Jacke helfen?«, fragte er und begann, eifrig an meinem Ärmel zu ziehen, so wie es sonst meine Jungs immer tun, wenn sie dringend ein Eis essen möchten.

»Äh, danke, Sven«, sagte ich und sah Marie mit den Augen rollen.

»Tanja und ich setzen uns auf den Balkon«, unterrichte sie ihren Mann, und in ihrem Gesicht konnte man deutlich lesen: Bitte stör uns nicht! Aber Sven schleppte bereits einen dritten Stuhl hinaus. »Ein wunderbares Wetter«, rief er und machte es sich bequem.

Was blieb uns anderes übrig, als uns dazuzusetzen? Ich brannte darauf, Marie den neuesten Tratsch von Tamara zu erzählen, die sich einen Liebhaber zugelegt hatte: einen Brasilianer aus einer Samba-Schule, fünfzehn Jahre jünger als sie, stellen Sie sich das vor!

Aber ich konnte es leider nicht erzählen, denn Sven saß munter vor sich hin summend auf seinem Balkonstuhl und wippte mit dem Fuß. Er wollte unterhalten werden. Dass Tamara gerade den besten Sex ihres Lebens hatte, hätte ihn bestimmt auch interessiert. Marie goss Kaffee in die Tassen. Dann schwiegen wir gemeinsam.

»Mama!«, kreischte ein Stimmchen aus dem Kinderzimmer. »Der Samuel ist ein blöder Hund, weil er mir das rote Rennauto weggenommen hat, Mamaaaa!«

Erleichtert stand ich auf. Das war wenigstens das Programm, mit dem ich umgehen konnte. Als ich wieder auf den Balkon kam, verspeiste Sven gerade sein zweites Stück Kuchen und strahlte uns an. »Ist das herrlich, Urlaub zu haben.«

»Ja, ja«, murmelte Marie – und dann klingelte das Telefon. »Gehst du mal?«, bat sie ihn flehend, und als er weg war, flüsterte sie: »Ich muss dir unbedingt erzählen, was mein Frauenarzt zu mir gesagt hat …«

»Was denn?«, zischte ich neugierig zurück. »Und weißt du schon von Tamara?«

»Jaaaa!«, schrie Marie begeistert. Sie hat mir erzählt, dass sie letzte Nacht fünf Orgasmen hintereinander hatte, nur weil dieser Brasilianer ihr ...«

»Meine Mutter ist am Telefon«, unterbrach uns Sven. »Sie lässt fragen, ob sie am Sonntag kommen kann?«

»Wer? Was?«, schrie ich erregt, denn ich wollte unbedingt wissen, wie der Brasilianer es fertigbekommen hatte, Tamara fünfmal … ich bitte Sie! Das wollen Sie doch jetzt auch gern wissen, oder?

»Er hat …«, keuchte Marie mit roten Wangen.

»Was denn nun?«, fragte Sven. »Oder wäre dir Sonnabendmittag lieber?«

Seufzend ließ sich Marie in ihren Stuhl fallen. »Ja doch, mach wie du willst«, sagte sie genervt.

Sven verschwand wieder. »Schnell«, rief ich. »Was hat er getan?«

»Er hat ihr ganz langsam …«

»Meine Mutter möchte kurz mit dir sprechen«, rief Sven aus dem Wohnzimmer. Ich stöhnte gequält auf.

»Hach!«, machte Marie wütend und verschwand. Dafür kam Sven wieder um die Ecke gebogen.

»Nun sitzt du hier so allein«, säuselte er und nahm Platz. »Wie läuft's denn so mit der Arbeit?«

»Bestens, danke der Nachfrage«, antwortete ich mechanisch und fragte mich, was der Brasilianer, fünfundzwanzig Jahre jung, der guten Tamara ganz langsam angetan hatte. Ob er ihr …

»Noch ein Tässchen Kaffee?«, störte Sven meine Gedankenflut.

»Ja, danke«, sagte ich und wartete ungeduldig auf Marie. Ob er ihr ganz langsam ein brasilianisches Wundermittel eingeträufelt hatte oder …

»Woher nimmst du eigentlich immer all diese Ideen?«, wollte Sven nun wissen und sah mir interessiert ins Gesicht.

»Was für Ideen?«, fragte ich irritiert, denn ich war noch ganz auf die Liebesspiele Brasiliens fixiert.

»Na, für deine Geschichten.« Sven beugte sich über den Tisch. Er wollte sich also unbedingt unterhalten. »Erfindest du das alles? Oder sind diese Geschichten wahr?«

Nun, mein lieber Sven, diese hier ist leider ziemlich wahr gewesen, wenn ich auch deinen Namen geändert habe. Und dass ich an diesem Tag nicht mehr herausgefunden habe, was Tamara so glücklich macht und was Maries Frauenarzt gesagt hat, und dass ich eine Stunde lang über das langsame Wachstum von Buchsbüschen in Balkonkübeln fachsimpeln musste – das, lieber Sven, das nehme ich dir richtig übel.

58

Ich helfe gern bei Schularbeiten …

»Hast du denn deine Schularbeiten schon gemacht?«, frage ich meine Tochter Sanne ab und zu. »Ja, ja, ja«, antwortet sie dann meistens …

Und ich werfe einen flüchtigen Blick auf den aufgezeichneten Querschnitt eines menschlichen Schneidezahns. Oder auf eine Tabelle irgendwelcher Säugetiere – und damit hat sich die Sache.

Neulich bekam ich ein schlechtes Gewissen, und in einem Anfall von Übereifrigkeit beugte ich mich über die Schultern meiner rechnenden Tochter und fragte leichtfertig: »Na? Alles klar?«

»Na ja«, murmelte sie. »Gut, dass du fragst, ich komme mit diesen Primzahlen nicht zurecht.«

»So, Primzahlen«, erwiderte ich und begann nervös an meiner Unterlippe zu kauen. Denn mal ganz unter uns: Ich war noch nie ein großes Talent für Zahlen gewesen. Mir lag schon immer das geschriebene Wort näher am Herzen.

»Das eine schließt das andere nicht aus«, werden Sie jetzt vielleicht denken. Aber in meinem Fall ist es leider so. Sobald ich meinen Mathematiklehrer auch nur aus der Ferne gesehen hatte, bekam ich Schluckauf, und eine Art von geistiger Jalousie rasselte herunter, so dass ich über die Grundrechenarten nie hinausgekommen bin. Aber all dies nur unter uns.

Meine Tochter braucht davon nichts zu wissen. Und deswegen nagte ich also an meiner Unterlippe und fragte mich, was es wohl mit den – wie hießen sie noch gleich? – Primzahlen auf sich haben könnte.

»Ich koche dir jetzt einen Tee!«, rief er heroisch und marschierte in die Küche.

»Zimmer aufräumen!«, hörte ich ihn noch in die Kinderzimmer brüllen. Alles unter Kontrolle.

Mein inzwischen wieder allerliebster Ehemann Robert hatte den Dr.- Dr.-Titel über Bord geworfen und war eine Mischung aus Feldwebel und Rote-Kreuz-Mitarbeiter geworden, der in der Küche mit dem Teekessel hantierte.

Fröhlich setzte ich mich im Bett auf. »Na also«, dachte ich und schnäuzte mich gehaltvoll in ein Taschentuch. Immer hübsch schwächlich sein, wenn es gerade passt.

Wenn ich mich weiter mit ihm gestritten hätte, würde ich jetzt selbst in der Küche stehen und Tee kochen und nebenher die Spülmaschine ausräumen. So war es viel gemütlicher.

Da hörte ich Schritte über den Flur kommen. Schnell ließ ich mich wieder nach hinten fallen, umklammerte das Taschentuch und schloss die Augen.

Eine Tasse Tee wurde fast lautlos auf meinem Nachttisch abgestellt. »Sie schläft«, hörte ich Robert flüstern. Bestimmt dachte er gerade »… und wie schön sie ist!«

Ich öffnete die Augen und seufzte, als käme ich von weit her.

»Ach, Robert«, flüsterte ich und übte mich in einem dünnen Lächeln, »wie wundervoll, dich wiederzusehen.«

»Ja!«, sagte er strahlend. »Wie wundervoll.«

Und dann musste er niesen.

»Habe mich wohl angesteckt«, murmelte er. »Bin etwas anfällig, seitdem ich als Kind diese Lungenentzündung hatte.«

Wenig später lag Robert neben mir im Bett und schnarchte erschöpft. Von Rote-Kreuz-Helfer war keine Rede mehr.

Dafür ging es mir erstaunlicherweise wieder viel besser. Frauen sind ja so zäh. Wie leicht wir eine Sommergrippe wegstecken!

Und all das andere.

60

Wenn Mütter nachts nicht schlafen können

Es scheint eine weibliche Angewohnheit zu sein, nachts aufzustehen, um erleichtert festzustellen, dass alle Familien-Mitglieder noch atmen …

Dass Robert noch atmet, weiß ich allerdings schon, denn es ist nicht zu überhören. Aber dass es meinen Kindern gut geht, dass keiner heimlich Fieber bekommen hat, dass der Herd wirklich und tatsächlich ausgeschaltet ist, all das muss ich um drei Uhr nachts unbedingt erfahren.

Auch, dass das mysteriöse Knacken, das seit halb vier erklingt, nicht vom Brecheisen eines Einbrechers herrührt, sondern von der zu entlüftenden Heizungsanlage.

Wenn eines der Kinder im Schlaf seufzt, schrecke ich hoch, eile über den Flur und bin bereit, das gesamte Haus zu evakuieren.

Ich weiß, dass das übertrieben ist, aber ich kann nicht anders. Ich habe es versucht, lesen Sie selbst:

Es ist Nacht. Ich bin von einem Geräusch erwacht, versuche, ruhig zu bleiben und weiterzuschlafen. Aber es klappt nicht. Also übe ich mich darin, elterliche Verantwortung auf beide Beteiligten zu übertragen. Schließlich sind Väter gleichberechtigt. Mit klopfendem Herzen pike ich dem Vater meiner drei Kinder in die Rippen.

»Da hat einer gehustet«, flüstere ich eindringlich. »Geh doch mal nachsehen, ob einer Hustensaft braucht oder ob es ein erkälteter Einbrecher ist oder …« Mein Mann grunzt unwillig. Hat er mich überhaupt gehört?